EL BESO PERFECTO

RED GARNIER

HARLEQUIN™

Editado por HARLEQUIN IBÉRICA, S.A.
Núñez de Balboa, 56
28001 Madrid

© 2013 Red Garnier
© 2014 Harlequin Ibérica, S.A.
El beso perfecto, n.º 1959 - 22.1.14
Título original: Wrong Man, Right Kiss
Publicada originalmente por Harlequin Enterprises, Ltd.

I.S.B.N.: 978-84-687-3966-3
Depósito legal: M-30265-2013
Editor responsable: Luis Pugni
Fotomecánica: M.T. Color & Diseño, S.L. Las Rozas (Madrid)
Impresión en Black print CPI (Barcelona)
Fecha impresion para Argentina: 21.7.14
Distribuidor exclusivo para España: LOGISTA
Distribuidor para México: CODIPLYRSA
Distribuidores para Argentina: interior, BERTRAN, S.A.C. Vélez
Sársfield, 1950. Cap. Fed./ Buenos Aires y Gran Buenos Aires,
VACCARO SÁNCHEZ y Cía, S.A.

Capítulo Uno

Molly Devaney necesitaba un héroe.

No se le ocurría ningún otro modo de resolver el dilema. Llevaba dos semanas sin poder dormir, dando vueltas en la cama, sin poder dejar de pensar en lo que había hecho, deseando, rezando y esperando que pudiera encontrar la manera de arreglar las cosas. Y debía hacerlo todo lo rápido que pudiera.

Había necesitado quince días con sus quince infernales noches para llegar a la conclusión de que necesitaba ayuda. Y pronto. Solo había un hombre que pudiera ayudarla, igual que la había ayudado antes en numerosas ocasiones.

Su héroe de siempre, desde que tenía tres años y él seis, cuando Molly y su hermana, que acababan de quedarse huérfanas, habían ido a vivir con la rica y maravillosa familia de él en la mansión que tenían en San Antonio.

Julian John Gage.

Ciertamente, no era ningún santo. Era un seductor de pies a cabeza. Podía tener a todas las mujeres que deseara, del modo que prefiriera y cuando le apeteciera, y él lo sabía. Eso significaba que estaba dispuesto a saborearlas a todas.

Eso molestaba mucho a Molly.

Sin embargo, a pesar de ser el azote de las damas y de la prensa debido a su puesto como jefe de relaciones públicas para el *San Antonio Daily*, un problema para sus hermanos y una maldición para su propia madre, para Molly, Julian John Gage era su mejor amigo. Era la razón por la que ella nunca había encontrado pareja y la única persona en la Tierra que podía ser lo suficientemente sincero como para decirle cómo seducir a su testarudo y frustrante hermano mayor.

El problema era que Molly podría haber encontrado un momento mejor para exponerle sus maquiavélicos planes. Presentarse en su apartamento un domingo por la mañana no había sido la mejor de idea, pero sentía que estaba perdiendo un tiempo precioso y necesitaba urgentemente que Garrett, el hermano mayor de Julian, se diera cuenta de que la amaba antes de morir de tristeza.

Ojalá Julian pudiera dejar de mirarla como si hubiera perdido la cabeza por completo, algo que llevaba haciendo ya unos minutos, justo desde el momento en el que ella le había soltado inesperadamente sus planes.

Él estaba allí, mirándola. Era la más maravillosa obra de arte de aquel impecable y moderno apartamento. Tenía los pies separados y la observaba con la mandíbula ligeramente entreabierta.

–Seguramente no he oído bien –dijo por fin. Su profunda voz iba cargada de incredulidad–. ¿Me acabas de pedir que te ayude a seducir a mi propio hermano?

4

Molly dejó de caminar alrededor de la mesita de café.

–Bueno… en realidad no he dicho «seducir» exactamente… ¿O sí?

Se produjo un incómodo silencio mientras los dos pensaban en lo que había dicho. Julian enarcó una ceja.

–¿No lo has dicho?

Molly suspiró. Ella tampoco se acordaba. Se había sentido un poco cohibida cuando la escultura viviente, es decir, Julian, le había abierto la puerta vestido tan solo con unos pantalones de pijama algo caídos y el torso completamente desnudo. De hecho, llevaba los pantalones del pijama tan caídos que se podía distinguir claramente el vello oscuro que le comenzaba justamente debajo del ombligo. Este hecho la había turbado mucho, dado que nunca antes había visto a un hombre en aquel estado de desnudez. Además, Julian no era un hombre cualquiera. Parecía más bien el hermano pequeño de David Beckham. Y más guapo. Menos mal que la amistad que había entre ellos había inmunizado a Molly.

–Está bien, tal vez sí que lo haya dicho. No me acuerdo –admitió Molly–. Es que me acabo de dar cuenta de que necesito hacer algo drástico antes de que cualquier lagarta me lo robe para siempre. Tiene que ser para mí, Julian. Y tú eres el experto seductor, por lo que necesito que me digas lo que tengo que hacer.

Sus ojos, verdes como las hojas de los árboles, se abrieron un poco más.

—Mira, Molls. No sé muy bien cómo explicarte esto, pero deja que lo intente. Todos crecimos juntos. Mis hermanos y yo te vimos con pañales. Garrett no podrá dejar de verte nunca como a su hermana pequeña. Repito, hermana pequeña.

—Está bien. Sobre lo de los pañales ya no puedo hacer nada, pero tengo razones de peso para pensar que los sentimientos que tiene Garrett por mí han cambiado. ¿Te ha dicho él alguna vez que tan solo me ve como a su hermana pequeña? Tengo ya veintitrés años. Tal vez piense que he crecido lo suficiente como para ser una mujer sexy y sofisticada.

«Con unos pechos bonitos que me acarició muy contento el día del baile de máscaras», pensó ella muy segura de sí misma.

Julian contempló el modo en el que iba vestida, no era uno de los mejores conjuntos de Molly...

—Tu hermana Kate es sofisticada y sexy, pero tú... —le dijo, indicando la falda hippie y la camiseta manchada de pintura que ella llevaba puesta—. Dios, Molls, ¿te has mirado últimamente en un espejo? Parece que te han dado una paliza y luego te han dado una vueltecita en una batidora.

—¡Julian John Gage! —exclamó ella tan dolida que el corazón le dolía—. Mi siguiente exposición en solitario en Nueva York es dentro de cuatro semanas. ¡No tengo tiempo para cuidar de mi aspecto! Además, no me puedo creer que me estés metiendo caña con mi aspecto cuando tú estás medio des...

Se escuchó un portazo en la parte posterior del apartamento y, cuando Molly se dio la vuelta, vio de reojo que alguien se acercaba. En ese momento, se quedó sin habla. Ese alguien era, por supuesto, una mujer.

La rubia más rubia y con las piernas más largas que Molly había visto en toda su vida acababa de salir del dormitorio de Julian. Llevaba un bolso de estilo *clutch* dorado y par de zapatos de tacón de aguja de color rojo, además de una camisa de Julian que apenas parecía poder contener unos pechos enormes.

—Tengo que marcharme —le dijo la mujer a Julian con voz sugerente—. Te he dejado mi número encima de la almohada, así que… Fue muy agradable conocerte anoche. Espero que no te importe que te tome prestada una camisa. Parece que mi vestido no ha salido tan bien parado como yo.

Soltó una risita y cruzó elegantemente la sala para marcharse mientras que Julian permanecía completamente inmóvil.

En el momento en el que las puertas del ascensor se cerraron, Molly, que había estado observando a la rubia completamente boquiabierta, se volvió de nuevo a mirar a Julian.

—¿De verdad? —le espetó mientras la furia la empujaba a acercarse a él para darle en el hombro con un dedo—. ¿De verdad que te acuestas con todas las mujeres a las que conoces?

Volvió a darle, pero el hombro de Julian se movió lo mismo que si estuviera hecho de hormigón. Entonces, él soltó una carcajada y agarró la mano de Molly.

–No estábamos hablando de mi vida amorosa, sino de la tuya. Y del hecho de que tienes pintura en la punta de la nariz, en el cabello y en los zapatos. Esa imagen de artista muerta de hambre no va a llamar la atención de mi hermano.

Molly lo miró con desprecio. Entonces, lo empujó y se dirigió al vestíbulo.

–¡Oh, deja que vaya a por una de tus camisas! Estoy segura de que eso hará maravillas.

–¡Venga ya, Molly! No te vayas así. Vuelve aquí y déjame que piense en todo esto, ¿de acuerdo? Sabes que siempre has sido bonita y creo que por eso no te importa tu aspecto.

Julian la alcanzó con tres zancadas. Le agarró del brazo y la hizo regresar al salón. Molly lo miró con desprecio al principio. Entonces, cuando oyó que él suspiraba, la ira se le desvaneció. Le resultaba muy difícil estar enfadada con Julian John.

Sabía que él haría cualquier cosa por ella. Nadie, a excepción tal vez de su hermana, había hecho nunca las cosas que Julian John había hecho para asegurarse de que estuviera segura y protegida.

Kate había asumido el papel de madre cuando las dos se quedaron huérfanas. Kate la había ayudado en el colegio, la había criado y le había dado todo el cariño que hubieran debido darle sus padres. Por eso, el hecho de que Julian hubiera estado a su lado casi tanto como Kate decía mucho de un hombre que insistía en fingir que no era más que un playboy.

Eso era precisamente lo que Julian John era y la

razón por la que Molly se contentaba con que él fuera su amigo y no el hombre al que hubiera convertido en objetivo de sus intenciones más románticas.

–Mira –dijo ella cuando Julian la soltó. Se sonrojó al recordar el beso robado de Garrett–. Sé que tal vez no lo comprendas, pero amo tanto a tu hermano que yo…

–¿Desde cuándo, Molls? Siempre nos has sacado de quicio a los dos.

–Es cierto, bueno… pero eso era antes, cuando era tan rígido, ya sabes… Antes.

–¿Antes de qué?

–Antes… antes de que él…

«Antes de que me dijera las cosas que me dijo cuando me besó», recordó. Trató de relajarse para poder seguir hablando.

–Yo… no te lo puedo explicar –añadió–, pero algo ha cambiado mucho y sé que él me corresponde. Lo sé, Julian… Te ruego que no te rías.

Por alguna razón inexplicable, no podía mirarlo a los ojos. Por eso, se dio la vuelta y se sentó en el sofá. El silencio fue llenando el espacio que los separaba hasta que, de repente, se vio quebrado.

La risa que rompió el silencio fue lo peor que pudo ocurrir. Era de todo menos alegre.

–No me lo puedo creer…

Molly contuvo el aliento y lo miró. Vio que él tenía el ceño fruncido. Jamás había visto a Julian verdaderamente enfadado, pero si aquel ceño era un indicador, lo iba a ver y muy pronto.

Sintió que se le hacía un nudo en el estómago cuando observó el musculado torso y la uve que el vello formaba antes de perderse por debajo de los pantalones para conducir a…

No podía seguir pensando en eso. Tenía que centrarse en Garrett.

–Julian… Mira, mientras estamos hablando, ¿te puedes poner una de las camisas que te quedan? El torso y la tableta y todo eso que tienes son demasiado… Digamos que me hace querer echarle un vistazo a los de Garrett.

Julian lanzó un gruñido y flexionó unos impresionantes bíceps.

–Sabes muy bien que mi hermano no tiene estos músculos.

–Y él también.

–Tal vez yo sea su hermano pequeño, pero con esto lo puedo tumbar en cinco segundos.

–Venga ya… Lo único que probablemente se te da mejor que a él es lo de ir acostándote por ahí con todo el mundo.

Durante un largo instante, los dos permanecieron allí sentados, mirando al vacío.

Cuando Julian volvió a tomar la palabra, Molly se sintió aliviada al escuchar que su voz había vuelto a adquirir el mismo tono jovial de siempre.

–Sí, tienes razón. Se me da mejor acostarme por ahí con todo el mundo que a mis dos hermanos juntos, aunque, ahora que está casado, a Landon ni siquiera se le ocurriría mirar a otra mujer. Garrett… ¿por qué no? Siempre se ha mostrado muy protector con Kate y contigo. Se pondría furioso si se enterara de que estás saliendo con alguien, en especial si ese alguien tuviera una mala reputación. Solo tienes que conseguir que algún tío finja ser tu enamorado un tiempo y que sea lo suficientemente convincente como para despertar al bueno de Garrett.

Molly se sintió encantada de que, por fin, Julian hubiera comprendido su situación. Estuvo a punto de saltar del asiento de la alegría. Aplaudió dos veces.

–¡Sí! ¡Sí, eso es una buena idea! La cuestión es si conozco un hombre que pueda hacer algo así…

Julian sonrió maquiavélicamente.

–Nena, lo tienes ante tus ojos.

Aquellas palabras parecieron golpear a Molly como si fueran una descarga eléctrica.

–¿Cómo dices? Creo que te he oído mal –dijo ella irguiéndose en el sofá–. ¿Acabas de ofrecerte a ser mi novio o algo así?

–O algo así –afirmó Julian.

Él parecía tranquilo. Sin embargo, en el interior de su cabeza, las ruedas giraban con unas ideas particularmente inspiradoras. Ideas que tal vez más tarde fuera a lamentar, pero que, a pesar de todo, eran muy buenas.

Julian casi no podía soportar lo adorable que ella estaba sentada allí, con la incredulidad y la sorpresa reflejadas en el rostro.

Tenía los ojos abiertos de par en par, tan maravillosamente azules que un hombre tendría que haber sido de piedra para no mover montañas por ella. Julian jamás había visto una expresión tan sincera y tan inocente en su vida. Diablos, tan solo porque ella lo miraba con aquellos ojos se sentía una especie de superhéroe.

Con una sonrisa, se lo explicó todo.

—Significa que yo no tengo novias, Molly. Tengo amantes. Y estaría encantado de fingir ser el tuyo.

—Me estás tomando el pelo, Jules —replicó ella.

—Tal vez me gusten las bromas, Molls, pero te aseguro que no te estaría tomando el pelo con esto —le dijo, muy en serio.

—¿Estás dispuesto a fingir que estás enamorado de mí?

Él asintió. Ansiaba poder borrarle una mancha de pintura de la frente y otra de la mejilla.

—Supongo que he hecho cosas peores, Moo. Como esa chica que acaba de marcharse… Creo que no estaba muy bien de la cabeza —añadió, señalándose la frente.

Molly se levantó. Los ojos le brillaban ante una proposición que, por fin, estaba empezando a asimilar.

—¡Garrett nos verá juntos y se volverá loco de celos! Dios mío, sí. ¡Es una idea brillante, Julian! ¿Cuánto tiempo crees que tardará en darse cuenta de que me ama? ¿Un par de días? ¿Una semana?

Julian la miró fijamente en silencio. Realmente sonaba… enamorada.

Si la diferencia de diez años no era un problema,

el hecho de que los Gage hubieran sido educados con estrictas normas de conducta con respecto a las niñas Devaney debería tener cierto peso, en especial con Garrett, que nunca jamás infringía una regla. ¿Había hecho su hermano algo para darle la impresión de que estaba interesado?

Maldita sea, aquel asunto le daba tan mala espina que no sabía ni siquiera por dónde empezar.

Su hermano Garrett se mostraba excesivamente protector con las dos hermanas. Se habían quedado huérfanas porque su padre, que era el único progenitor que les quedaba con vida y uno de los guardaespaldas de los Gage, había muerto en cumplimiento de su deber mientras protegía al padre de Julian de una banda armada contratada por la mafia mexicana para asesinarlo por haber publicado artículos en que revelaban sus nombres. Además, había muerto protegiendo a Garrett. Aunque los miembros de la banda habían sido condenados a cadena perpetua, como único superviviente de aquella sangrienta noche de hacía casi dos décadas, Garrett había sido sentenciado a una vida en el infierno.

Vivía abrumado por la culpabilidad y el arrepentimiento. Cuando su madre viuda acogió a las dos niñas, Garrett se había mostrado ansioso por protegerlas, incluso de Julian. Siempre les habían dejado muy claras las reglas en lo que se refería a las hermanas Devaney. De hecho, hasta les habían prohibido hacerles cosquillas, algo que había molestado no solo a Julian sino también a Molly. A ella le encantaba que le hiciera cosquillas. Por eso, resultaba difícil creer que, después de la actitud demostrada por Garrett durante muchos años, Molly estuviera loca por él.

¿A qué diablos venía todo aquello?

Julian y Molly eran amigos. Molly al menos había admitido que la amistad que había entre ellos era mejor que una relación romántica. Sin embargo, después de escuchar cómo ella profesaba su amor por Garrett, Julian se había dado cuenta de que si hablaba en serio, y aparentemente así era, tendría que ayudarla.

Iba a ayudarla a darse cuenta de que no estaba enamorada de Garrett Gage.

–Creo que podremos tener a Garrett donde queremos aproximadamente en un mes –le aseguró por fin, mirándola profundamente a los ojos en un intento de descubrir lo enamorada que se creía.

Molly enrojeció de excitación, dio un salto hacia delante y abrazó a Julian con fuerza mientras le daba un beso en la mejilla.

–Eres el mejor, Jules. Muchas gracias.

Cuando los delgados y esbeltos brazos de ella le apretaron la cintura, Jules se tensó por completo. Estaba desnudo de cintura para arriba y, de repente, sentía a Molly en todas las partes donde no quería sentirla. Cálida y maravillosa.

Lo peor de todo fue cuando ella giró el rostro hacia el cuello y susurró:

–Eres lo mejor de mi vida, ¿lo sabes, Jules? Jamás sabré cómo darte las gracias adecuadamente por todo lo que haces…

¿Hablaba en serio? Las ideas que aquellas palabras le habían metido en la cabeza estaban muy, pero que muy mal. No pudo relajarse ni un poco hasta que ella se separó de él. Entonces, dejó escapar un largo suspiro y, evitando mirarle a los ojos, gruñó:

—No me des las gracias todavía, Molls. Veamos cómo va todo, ¿no te parece?

—Irá estupendamente, Julian. Lo sé. Antes de que termine el mes, probablemente tendré en el dedo un anillo de compromiso.

Julian puso los ojos en blanco. No se podía creer que aquello estuviera ocurriendo de verdad.

—Bueno, no creo que debas llamar al organizador de bodas todavía, ¿de acuerdo? Solo tienes que recordar que, durante este mes, estás conmigo. Además, nena, esto no le va a hacer mucha gracia al resto de la familia.

Ella frunció el ceño y se plantó las manos en las caderas.

—¿Y por qué no? ¿Acaso no soy lo suficientemente buena para ti?

—No, Molls, soy yo —susurró él mirando por la ventana. Sentía un enorme peso en el pecho—. Pensarán que soy yo el que no es lo suficientemente bueno para ti.

Capítulo Dos

–Me estás mintiendo, canalla. ¡Lo sé!

Julian se reclinó en su butaca y contuvo una sonrisa mientras observaba cómo su hermano caminaba de un lado a otro por la elegante sala de reuniones del *San Antonio Daily*.

–Hermano –replicó Julian–, sé que soy más joven que tú, pero no te olvides de que soy más fuerte y de que te tiraré al suelo si me sigues cabreando.

–Entonces, básicamente estás admitiendo que te estás acostado con nuestra pequeña Molls.

–Yo no he dicho eso. Lo que te he dicho es que estamos saliendo y que se va a venir a vivir conmigo –dijo. Esto último era algo de lo que Julian no había hablado con Molly, pero, de repente, le había parecido una buena idea. Cuando el rostro de Garrett adquirió el color de un tomate maduro, Julian comprendió que había dado en el blanco.

Julian y Molly habían acordado unas reglas básicas el día anterior. No saldrían con otras personas, una buena dosis de muestras de afecto en público cuando estuvieran con familiares o desconocidos y que ninguno de los dos revelaría nunca a nadie que su relación romántica había sido falsa.

A Julian le parecía bien. De hecho, le habría parecido bien cualquier cosa que significara apretarle las clavijas a Garrett. No tenía nada en su contra, a excepción de que era demasiado honorable y que desde que Landon se marchó de luna de miel parecía creer que llevaba el peso del mundo sobre los hombros. Al menos, en lo que se refería a los asuntos familiares.

Los tres hermanos se querían mucho, pero Julian llevaba mucho tiempo esperando una oportunidad para vengarse de Garrett. Mucho tiempo.

La noche anterior Julian no había podido pegar ojo pensándolo. En aquellos momentos, se tomó un instante para disfrutar el hecho de que el rostro de su hermano estuviera tenso.

Por fin, Garrett se detuvo y se apoyó en la mesa.

—¿Desde cuándo existe este interés del uno por el otro? —le preguntó Garrett.

—Desde que empezamos a intercambiarnos mensajes picantes por teléfono —replicó Julian sin inmutarse. Entonces, antes de que Garrett pudiera preguntar más, levantó el teléfono y leyó un mensaje—. Maldita sea, esta chica me vuelve loco —añadió. Fingió enviarle un mensaje picante de respuesta a Molly, aunque lo que hizo en realidad fue explicarle lo que estaba pasando.

Lo sabe. Se está volviendo loco. Te lo cuento todo durante la cena.

Garrett le lanzó una mirada asesina.

—¿Lo sabe Kate?

—Probablemente, a menos que esté demasiado ocupada preparando el siguiente evento. Después de todo, es la hermana de Molly.

Justo en ese momento, llegó la respuesta de Molly:

No me extraña que Garrett y Kate se lleven tan bien.

Julian rápidamente escribió la respuesta:

Supongo que eso significa que Kate ya no besa el suelo que yo piso.

Molly replicó:

Afirmativo. Ten cuidado, amante. Tiene una espátula y no tiene miedo de utilizarla como arma.

Julian sonrió. Molly… Era la luz de su vida.

—Bueno, ¿entonces qué parte era?

Julian miró a Garrett sin comprender. Su hermano mayor parecía estar echando humo por las orejas.

—¿De qué parte estás hablando?

—¿Qué parte de lo que mamá, Landon y yo llevamos diciéndote durante dos décadas no has comprendido? ¿La parte de que Molly Devaney estaba vetada? ¿La parte de que se te desheredaría si le hacías daño?

Julian asintió para aplacarle.

—Lo comprendí todo y lo comprendo ahora. Escúchame tú a mí, hermano –dijo inclinándose sobre la mesa con el ceño fruncido–. No me importa.

Garrett apretó la mandíbula y respiró profundamente.

–Voy a hablar con Molly, porque estoy seguro de que será lo mejor para ella reconsiderar esta estupidez. Solo quiero que sepas una cosa, Julian: si le haces daño, si le tocas tan solo un pelo de la cabeza…

No sabía si era la amenaza, o el modo tan posesivo en el que Garrett se estaba comportando hacia Molly, o el simple hecho de que Molly se creyera enamorada de su hermano mayor, lo peor de todo era que se temía que se debiera al hecho de que Garrett quería a Molly para sí mismo. Fuera lo que fuera, la fría fachada de Julian comenzó a resquebrajarse y le hizo falta un esfuerzo sobrehumano para mantener la máscara en su lugar.

De repente, se sintió transportado a sus años de la adolescencia y recordó los momentos en los que Molly y él habían tratado de acercarse. El vínculo especial que se forjaba con alguien, ese vínculo tan raro y tan valioso que uno es afortunado de encontrar en la vida, era algo que Julian siempre había tenido hacia ella. Cada vez que su amistad amenazaba con convertirse en algo más, el pánico se apoderaba de su familia y caían sobre ellos como buitres para chantajearlos emocionalmente para que se separaran. En más de una ocasión, a él se le había enviado al extranjero porque había estado mirando a Molly de un modo que ni Kate, ni Landon ni su madre, y mucho menos Garrett, habían aprobado.

Julian se había dicho una y otra vez que no le importaba. Cuando se hizo adulto, les había hecho creer que era un playboy hasta que no le quedó más elección que representar su papel.

La orden de su hermano para que se apartara de la única mujer que lo conocía de verdad le había provocado un arrebato de ira. Fuera lo que fuera lo que Molly pensaba o lo que Garrett pensara hacer, el futuro de Julian estaba en juego. Llevaba años planeándolo. Nadie iba a estropearle ese futuro.

Tenía la intención de utilizar aquella relación falsa con Molly para explorar los verdaderos sentimientos que tenía hacia ella.

Con deliberada lentitud, se puso en pie, rodeó la mesa y le colocó una mano en el hombro a su hermano. Entonces, le susurró al oído:

—Mantente al margen de esto, Garrett. No quiero hacerte daño, y mucho menos quiero hacerle daño a ella. Por lo tanto, mantente al margen.

Entonces, agarró su americana, recobró la compostura y salió de la sala de reuniones.

—No me lo puedo creer. De verdad que no puedo. Me estás tomando el pelo, Molly.

Molly, que estaba sentada en un taburete frente a la isla de granito de la cocina de las Devaney en la que su hermana estaba decorando galletas recién hechas, parecía totalmente concentrada en limarse las uñas. Sentía muchos nervios en el estómago por la excitación que le producía que aquella fuera su primera noche como la falsa novia de Julian. Se moría de ganas por ver la expresión del rostro de Garrett cuando los viera juntos. Esperaba que Julian le rodeara los hombros con el brazo de aquella manera tan sensual…

–No te estoy tomando nada, te lo juro. Puedes llamar a Julian y preguntárselo.

Kate levantó la espátula. Su cabello era del mismo tono rojizo que el de Molly. Lo llevaba recogido a lo alto de su hermoso rostro. Exudaba tal sensualidad con aquel delantal de encaje que, si no la hubiera querido tanto por ser su hermana, Molly la habría odiado profundamente.

Kate era una persona activa e incansable, lo que explicaba el éxito de su negocio de catering. Era una fantástica cocinera con hermosas curvas, alta, bronceada, segura de sí misma y muy divertida.

–¿Julian y tú? ¿Juntos? No me lo puedo creer. Sus chicas son siempre tan…

–No lo digas o te odiaré para siempre –gruñó Molly mientras dejaba secamente la lima en el granito.

Kate suspiró y comenzó a empaquetar las galletas.

–Está bien. No lo diré, pero ya sabes a lo que me refiero, ¿verdad?

Molly se puso de pie y fue a mirarse en el espejo que había en el recibidor para tratar de recordar lo mucho que le habían dolido las palabras de Julian el día anterior por la mañana.

–Tienes razón. Sé que no se parecen a mí –ad-

21

mitió mientras regresaba a la cocina–. Son altas, sexys y sofisticadas…

«Pero no me importa porque yo quiero a Garrett, no a Julian», se recordó.

Los labios aún le ardían al recordar el beso que él le había dado, frotándose contra su boca como si los labios de Molly fueran algo que mereciera chupar y morder…

Kate miró a Molly y se echó a reír.

–Te has enamorado perdidamente de él, ¿verdad? Yo quiero mucho a Julian, Molls, pero hasta yo sé que quien se case con él es una estúpida. Y no quiero que tú lo seas, Moo.

Molly estuvo a punto de asegurarle que ella jamás se enamoraría de Julian. Jamás había conocido a un hombre tan decidido a acostarse con tantas mujeres, era como si tuviera una necesidad que ninguna de ellas parecía cubrir por completo.

–Entonces, ¿cómo ocurrió? ¿Te dijo él de repente…?

–Que había sido un estúpido por no darse cuenta antes de que la pequeña Molly era la mujer de su vida –dijo una profunda voz desde la puerta–. Sí, fue exactamente así.

Molly sintió que se le ponía la piel de gallina al escucharlo. Se giró y vio cómo Julian cerraba la puerta principal a sus espaldas. Sintió que se le hacía un nudo en el estómago al darse cuenta de que, una vez más, él la iba a encontrar vestida con la ropa llena de pintura. Entonces, recordó que no le importaba. Se trataba de Julian y no necesitaba impresionarle. Él ya pensaba que era el producto salido de una batidora. ¿Por qué iba a tener que hacerle cambiar de opinión?

Sin embargo, le parecía completamente injusto que ella llevara manchas de pintura en la ropa y el cabello y que él tuviera un aspecto tan pulcro y tan masculino. Una chaqueta negra al hombro, corbata de Gucci casi con el nudo deshecho, tenía un aspecto desaliñado muy sexy y delicioso. Eso a Molly no le impresionaba, pero suponía que al resto de las mujeres sí. A todas, seguramente.

Observó cómo Julian se dirigía hacia ella con la sonrisa que le había dedicado siempre, desde que eran niños.

–No creas nada de lo que Kate te haya dicho de mí. Todo se debe a que ella me quería primero –le dijo mientras le rodeaba la cintura con sus fuertes brazos mientras inclinaba la cabeza hacia la de ella.

Julian la estrechó con fuerza contra su cuerpo y aplastó los labios firmemente contra los de ella con tanta habilidad y tanta pasión…

Ohhh… Ohhh… Una pequeña parte del cerebro de Molly deseaba apartarlo de su lado. El único al que debería estar deseando besar en aquellos momentos era a Garrett, pero Julian besaba como su hermano… La diferencia era que Julian tenía un sabor limpio y mentolado en los labios, no a vino, y la besaba como si tuviera todo el tiempo del mundo.

Aquellos labios tan sedosos le apretaban con dolorosa dulzura y se movían tan lánguidamente que todos los sentidos de Molly parecieron perder el control. Se sintió hipnotizada, prácticamente transportada a la noche en la que su mundo se había puesto patas arriba, la noche en la que alguien le había robado el corazón.

La repentina necesidad de apretarse contra él se apoderó de ella, abrasándola durante un segundo. De repente, él se apartó de ella y la dejó atónita y sorprendida, casi tambaleándose. Por suerte, siguió sujetándola hasta que ella logró encontrar el equilibrio.

Cuando terminó, Julian le dijo algo. A ella le pareció distinguir que le decía hola.

Julian le preguntó algo, con la voz más ronca de lo habitual. Ella no podía apartar la mirada de los labios. Aquellos labios tan firmes y tan dulces a la vez se habían convertido en el centro de su atención. No hacía más que preguntarse por qué le había resultado tan agradable el beso.

Hasta le temblaban las rodillas.

Trató de tranquilizarse, pero no podía conseguirlo. Por ello, terminó hablándole de mala manera por haberla pillado desprevenida.

–¿Qué estás haciendo aquí, J. J.? –le preguntó. Utilizó el viejo apodo de cuando eran niños para castigarlo.

–Nada, bonita. Solo quería venir a ver a mi chica –replicó con una sonrisa antes de pellizcarle el trasero. Entonces, se acercó a ella para que solo Molly pudiera escuchar lo que decía–. ¿J. J.? Vas a pagar por eso, Molls.

Molly fingió reírse para que Kate no notara nada

raro y se apartó de él. El trasero le ardía por el contacto. Dijo lo primero que se le ocurrió cuando vio que Kate los miraba con expresión confusa.

–A J. J. le encanta que le llame toda clase de cosas cuando estamos… ya sabes.

–¿J. J.? –preguntó Kate volviéndose a Julian con las manos en las caderas y empuñando la espátula como si fuera una espada–. Pensé que odiabas ese apodo.

Julian lanzó a Molly una mirada de advertencia.

–Así es, pero la pequeña Molls me llama J. J. exclusivamente cuando quiere que le dé un azote.

A Molly las mejillas le ardían. Quería morirse de vergüenza.

–Cariño, es casi todavía por la mañana, pero me muero de ganas por ponerme sexy y sofisticada para ti –le dijo mientras rodeaba la cocina y le hacía gestos por encima de los hombros de Kate–. Tendrás que esperarme un poco, pero estoy segura de que a Kate y a su espátula les encantará hacerte compañía.

–Se me ocurre una idea mejor –replicó él sin inmutarse–. ¿Por qué no te ayudo a vestirte, bomboncito?

Antes de que Molly pudiera negarse, él la siguió al dormitorio mientras Kate seguía en la cocina, seguramente sin poderse creer lo que había visto.

–¿Puedes dejar de provocarme, por favor? –susurró Molly empujándole contra la puerta–. No me vuelvas a llamar bomboncito.

–¿Quién está provocando a quién?

–No te atrevas a volver a besarme como lo has hecho sin advertírmelo primero.

–Si vuelves a llamarme J. J., voy a besarte con lengua, así que no lo hagas.

Los dos se miraron fijamente. De repente, Molly se lamentó de la sensación que tenía en el estómago. No podía evitar preguntarse lo que Julian era capaz de hacer con la lengua que volvía completamente locas a las mujeres.

–¿Ha quedado claro, Molls? –le preguntó levantándole el rostro para obligarla a mirarlo.

Ella asintió para que Julian la soltara y tragó saliva. Entonces, le dio un empujó para apartarlo de su lado.

–¿Por qué le has tenido que decir lo de los azotes?

–Porque a veces me parece que quieres que lo haga –replicó él. Le dio un azote y se dirigió al armario, dejándola a ella poseída por un extraño y poderoso sentimiento y un trasero que le escocía.

–Bien –dijo mientras sacaba una enorme maleta–, le he dicho al amor de tu vida que te vas a venir a vivir conmigo. ¿Qué me dices a eso, pequeña Picasso?

–¿Se puso celoso?

Julian volvió a sonreír.

–Ha sido la vez que más cerca lo he visto de empezar a darse cabezazos contra la pared.

Molly abrió el cajón de la ropa interior.

–En ese caso, estaré encantada.

Capítulo Tres

–¿Qué más te dijo el amor de mi vida? –le preguntó Molly mientras paraban a comprar algo de comida cuando iban de camino a la casa de Julian.

Molly se preguntó si Garrett se la llevaría pronto a la cama.

–Espera aquí –dijo él mientras deslizaba su Aston Martin en la única plaza de aparcamiento vacía que había delante de una tienda.

–¿Me podrías comprar un batido de Oreo con…?

–Tres cerezas encima, una para masticarla, otra para chuparla y otra para dejarla en el fondo.

Molly sonrió y asintió.

Minutos más tarde, él regresó. Molly contempló atónita su batido.

–¿Por qué tengo un número de teléfono apuntado en el vaso del batido?

Julian se limitó a arrancar el coche.

Él levantó las manos con un gesto de exasperación.

–Yo no se lo he pedido, Molls.

Ella sacudió la cabeza con desaprobación. ¿Cómo podía culpar a la cajera de que escribiera esperanzada aquel número de teléfono en el batido? Julian se había visto agraciado con un hermoso rostro y un cuerpo que dejaba boquiabiertas a las mujeres. Era un hecho. No había nada que Molly, ni siquiera el propio Julian, pudiera hacer al respecto.

A pesar de todo, le escocía.

–Sinceramente, no se me ocurre nadie que, sin estar loco de atar, quisiera liarse contigo.

–Pues aparentemente tú –replicó él mientras le tocaba suavemente la barbilla.

Molly se echó a reír y se comió la primera cereza.

–No me has dicho lo que el amor de mi vida tiene que decir sobre el hecho de que yo esté con alguien como tú.

Julian salió del aparcamiento y se dirigió a la autopista.

–Mencionó pistolas. Al alba.

Molly chupó la segunda cereza.

–Te ruego que no me dejes viuda incluso antes de que me case con él.

–¡Casarse! ¡Vaya! Eso son palabras mayores.

–No hay nada de malo en la palabra casarse.

–Solo he dicho que son palabras mayores.

Molly dejó de chupar la cereza y lo miró fijamente.

–Te ruego que no me digas que cuando se mencionaron las pistolas hablaste de nuevo de tus bíceps.

Julian sonrió como si supiera algo que Molly desconocía o como si la hubiera visto desnuda sin que ella lo supiera…

¿De dónde había salido ese pensamiento?

Sintió un escalofrío y esperó que fuera del frío.

Julian se quedó en silencio mientras conducía. Cuando llegaron a la puerta del edificio de apartamentos en el que él vivía, Julian le preguntó si podía mostrarle algo. Molly asintió. Eduardo, uno de los porteros, se ocuparía de llevar el equipaje hasta el piso doce. Julian la condujo a otro ascensor y apretó un botón. Subieron al ático directamente.

Lo que se encontraron cuando se abrieron las puertas fue un enorme espacio vacío, con unos ventanales que iban desde el suelo hasta el techo y olor de pintura fresca flotando en el aire.

–¡Vaya! ¿Qué es esto?

–Mi futuro despacho –respondió él muy orgulloso.

Molly lo miró sorprendida.

–¿Qué es lo que quieres decir? ¿Acaso se muda el *Daily* del centro de la ciudad?

La familia Gage poseía el conglomerado periodístico de más éxito y con más futuro de toda Texas. Publicaciones impresas, sitios web e incluso algunos canales de televisión por cable funcionaban debajo del paraguas del buque insignia del grupo. La familia poseía el periódico desde hacía tres generaciones, y este le había otorgado inmensa riqueza y poder.

–No. Yo soy el único que se va a mudar, Molls.

Molly contempló la expresión sombría de su rostro e inmediatamente comprendió que aquello no era algo positivo para la familia.

–¿Y lo saben tus hermanos, Jules?

–Lo sabrán.

Molly tardó un par de minutos en digerir aquella sorprendente noticia. Sintió una extraña sensación en el estómago al pensar en el drama familiar, que siempre había tenido que ver con Julian y con su rebeldía. Aún recordaba cada una de las veces en las que lo habían mandado al extranjero por solo Dios sabía qué era lo que había hecho. Molly lo había echado de menos terriblemente durante aquellos meses y había llorado mucho.

Mientras él recorría el espacio que ocuparían sus nuevas oficinas, se preguntó por qué quería apartarse del negocio familiar. Como director de relaciones públicas y jefe de publicidad de la empresa, Julian, en opinión de Molly, tenía la mejor parte del pastel. Tenía el mismo salario astronómico que sus hermanos, el mismo número de acciones en la empresa, pero muchas menos responsabilidades, lo que le permitía divertirse más y tener tiempo para disfrutar de las mujeres y de sus muchas aficiones. ¿Qué razones tenía para abandonar el *San Antonio Daily*?

–No tenía ni idea de que no estuvieras contento donde estás –le dijo ella.

Julian miró por los enormes ventanales.

–Estoy descontento con mi vida, aunque eso no significa que no sea feliz. Tenía que hacer cambios.

–Y… ¿cuánto tiempo llevas preparando esto?

Molly se sentía algo desilusionada porque creía que disfrutaban de una relación lo suficientemente íntima como para que él le hubiera contado algo tan importante.

–Un par de años. Tal vez toda la vida…

Julian le dedicó una sonrisa que ella, completamente cautivada, le devolvió. Durante toda su vida, Molly había apoyado a Julian en todo lo que él había querido hacer, pero en aquellos momentos se sentía dividida. Le había entregado su corazón a Garrett hacía dos semanas y sabía con toda seguridad que jamás lo recuperaría. Estaba segura de que Garrett no dejaría que su hermano se marchara fácilmente. Julian era un gran baluarte para la empresa y, por su manera de ser, tan elegante y encantadora, era la persona más indicada para las relaciones públicas del periódico. Molly dudaba que el periódico tuviera el mismo número de anunciantes cuando él no estuviera al mando de esa sección.

–Todo este espacio en blanco necesita algo, ¿sabes? –dijo de repente mientras caminaba hacia él.

Julian soltó una carcajada.

–¿Por qué sabía que ibas a decir algo así?

–Tal vez porque sabes que no me gustan las paredes vacías.

–En ese caso, haz un mural para mí. Toda esta pared. Hazla tuya.

Molly lo miró a los ojos. Entonces, se dio la vuelta y contempló el espacio en blanco. La musa no tardó en sugerirle una idea.

–¿Estás loco? Mis cuadros ya rondan precios de cinco cifras, por lo que un mural costaría al menos ciento cincuenta mil dólares y me llevaría meses. Necesito hablar con mi galerista.

Su galerista había sido representante de Warhol y era el marchante de arte más experimentado que había. También era amigo de Julian.

–Deja a Blackstone fuera de esto.

–Jules, no puedo cobrarte eso –repuso ella inmediatamente–. Me parecería que estoy robando a mi mejor amigo.

–En ese caso, debería ser divertido. Ciento cincuenta mil, Molls, pero esmérate. Que sea bonito. Tan bonito como tú –dijo él con una encantadora sonrisa.

La excitación se apoderó de Molly hasta que ya no pudo casi soportarlo. No sabía si se debía al fabuloso contrato que acababa de cerrar o al hecho de que él la hubiera llamado bonita sin acompañar la palabra de un insulto o de un ataque a sus ropas. Tal vez era por las dos cosas.

–¡Por supuesto, Jules! –exclamó ella agarrándose con fuerza al cuello de su camisa. Entonces, le dio un beso en la mejilla. Inmediatamente deseó no haberlo hecho, porque él se puso tenso–. Gracias. ¿Cuándo puedo empezar?

Julian se dirigió al ascensor.

–Mañana, si quieres –dijo.

Molly estaba feliz. No se podía creer su buena suerte. Acababa de encargarle su primer mural. En realidad, siempre había tenido bastante suerte en lo que se refería al trabajo. El repentino interés de un galerista de Nueva York había colocado sus obras en varios de los hogares de los coleccionistas más importantes. Casi sin que se diera cuenta, su nombre empezó a asociarse con David Salle y Sean Scully, nombres de gran relevancia en el mundo del arte. En aquel momento, por primera vez en sus veintitrés años, deseó que su suerte a nivel creativo pasara a un nivel más personal. Tal vez estaba a punto de conseguir lo que quería con Garrett.

Gracias a Julian.

Cuando fueron al espacioso apartamento de Julian, Molly eligió la habitación de invitados que quedaba a la izquierda del dormitorio de él. Sacó sus productos de aseo, se quitó la ropa, se dio una ducha y se puso un camisón que, casualmente, era una camiseta vieja que Julian había utilizado en el instituto y que su madre había enviado a una organización benéfica. Nadie sabía que Molly había sacado aquella camiseta de la bolsa de basura por ser la más suave y más usada. Seguramente, ni siquiera el propio Julian recordaría que le había pertenecido.

Cuando estuvo lista, salió al pasillo a buscarle, esperando que él le propusiera que vieran una película juntos. Sin embargo, la puerta del dormitorio de Julian estaba cerrada. Se desilusionó, por lo que regresó a su habitación. Se tumbó en la cama y permaneció allí mirando las paredes, las cortinas y el techo durante horas.

No hacía más que pensar en Garrett. Su cabello negro, sus ojos oscuros y el modo en el que la había besado hacía dos semanas. Recordaba aquel beso tan perfectamente porque lo había estado reviviendo toda las noches mientras trataba de quedarse dormida.

–Creo que me gustaría ser una solterona –le había dicho a Kate aquella noche, mientras estaban en la terraza de la mansión de los Gage, observando el maravilloso baile de máscaras que se estaba celebrando.

–Molls, ¿por qué dices eso? –le había preguntado su hermana, riendo–. Eres hermosa y encantadora. Cualquier hombre se sentiría afortunado de tenerte.

–Es que me parece que ningún hombre es capaz de enfrentarse a mis expectativas.

Con un suspiro, Molly le mostró a Kate la fotografía de los tres hermanos Gage que tenía en su iPhone.

–Sé lo que quieres decir… –dijo Kate suavemente, mirando con anhelo la fotografía.

–Tú también te mereces a alguien –le susurró.

–En ese caso, vayamos a buscarnos a uno –le había respondido Kate con una radiante sonrisa.

Entonces, se dirigió hacia la puerta doble que conducía al interior de la casa, pero Molly gruñó y se quedó atrás, maldiciendo su estúpido disfraz.

Julian le había desafiado a vestirse de tabernera. Por supuesto, sabía que Molly jamás podía resistirse a un desafío y, por lo tanto, allí estaba, ataviada con un vestido que casi no le permitía respirar y que le encajonaba los pechos de un modo que le hacía sentirse como si acabara de salir de una revista porno.

Decidió que iba a vérselas con Julian en cuanto se encontrara con él. El vestido le resultaba tan agobiante que decidió permanecer en la terraza, donde solo el aire era fresco podía verla vestida de aquella manera.

De repente, una silueta junto a la barandilla de la terraza le llamó la atención. Alguien se dirigía hacia ella. No sabía de qué disfraz se trataba. ¿El Zorro? ¿El Fantasma de la Ópera? Tal vez se trataba de Westley, el apuesto protagonista de la película favorita de Molly, *La princesa prometida*. Fuera quien fuera, estaba muy guapo. Vestido completamente de negro, con una máscara negra que le tapaba la parte superior del rostro. Y qué sonrisa… Tenía que ser Julian. Nadie sonreía como Julian.

De repente, observó que él le miraba el escote y sintió que algo muy caliente se le despertaba en el vientre.

–Vaya, vaya, vaya… –murmuró él sin dejar de acercarse.

Pronunciaba mal las palabras, seguramente debido a los efectos del alcohol. Molly se preguntó cuánto había bebido aquella noche. La voz no le sonaba igual.

De hecho, llevaba una copa en la mano, y cuando la levantó para llevársela a los labios, sin dejar de observarla, ella notó que el vaso estaba vacío. Él soltó una maldición y sacudió la cabeza. Entonces, dio la vuelta para marcharme mientras murmuraba algo sobre estar loco.

–¿Me vas a dejar sola aquí? –le preguntó ella con voz juguetona.

Él se detuvo un instante y se dio la vuelta. Dejó la

copa y se dirigió a ella con repentina urgencia. Ya no sonreía. Algo en el modo en el que se acercaba a ella hizo que el corazón de Molly comenzara a latir alocadamente. La manera en la que caminaba la asustaba. No podía ser Julian.

–¿Qué…?

Él la estrechó contra su cuerpo tan rápidamente que Molly abrió la boca. Entonces, con un fluido movimiento, le inmovilizó las manos a los costados e inclinó la cabeza hacia la de ella. Molly dejó de respirar.

Estaba demasiado oscuro como para distinguir el color de ojos de aquel desconocido, pero el corazón se le detuvo cuando él exhaló un sonido bajo y completamente irreconocible, un gruñido tan apasionado y tan masculino que la excitó profundamente.

Los labios de él tocaron los suyos. Ligeramente. Solo un roce. Aquel contacto fue como la chispa que da inicio a un fuego desatado. Molly explotó con un deseo tan poderoso que la abrasó completamente por dentro. Abrió los labios y permitió que el cuerpo se le fundiera con el de aquel desconocido.

Él la besó tan apasionadamente que Molly sintió como si un tornado de placer le recorriera las venas. Le hundió los dedos en el trasero, inmovilizándola contra su cuerpo.

Molly saboreó el vino en sus labios e inmediatamente se emborrachó de él y lo deseó profundamente. Las bocas se devoraban con caricias ardientes y húmedas. La piel de Molly ansiaba el contacto con deliciosa agonía. Nunca antes se había sentido tan viva, tan vinculada a otro ser humano, como si su cuerpo fuera una extensión del de él.

De repente, notó el cálido metal de un anillo en contacto con su piel mientras él le acariciaba los hombros. Abrió los ojos de par en par al darse cuenta de que el hombre que la estaba besando era… Garrett.

¿Cómo podía ser? Garrett se mostraba siempre tan protector hacia ella que casi nunca la tocaba. Sin embargo, cuando lo hacía, ella notaba el grueso anillo que él tenía en la mano.

En aquellos momentos, Garrett la estaba besando como si quisiera devorarla viva. Aquel anillo parecía querer marcarle la piel mientras le acariciaba avariciosamente los hombros, la garganta, el pecho…

Musitó algo que ella casi no pudo escuchar. Su voz sonaba desconocida, enronquecida por el deseo, cuando se inclinó sobre ella para lamer la piel que tenía al descubierto.

Se quedó atónita al darse cuenta de que aquel hombre, intocable para ella como lo habían sido todos los Gage a lo largo de su vida, había lanzado toda cautela al viento para besarla.

Vio la banda de platino relucir con la tenue luz cuando él comenzó a acariciarle los pechos. Sí, era el mismo anillo que Garrett llevaba, con un diamante azul en el centro. Garrett la estaba acariciando sin pudor alguno. Resultaba tan agradable, tan estimulante que sintió que una cálida humedad se le apoderaba de la entrepierna.

Él la estrechó con fuerza cuando ella se quedó inmóvil por lo que acababa de descubrir y siguió besándola con pasión como si sus labios fueran poderosos imanes para él.

–Shh –oyó que él susurraba–. Shh…

Cuando le metió la rodilla entre las piernes para separárselas, la falda del vestido se le levantó. Él, con gran habilidad, le colocó la mano justo donde ella se había humedecido para él. El calor de la mano le abrasaba la piel a través de las braguitas. Los huesos se le desintegraban. No era capaz de sentir nada más que pasión y placer.

–Oh… –susurró. El cuerpo se le tensó cuando él comenzó a acariciarla trazando círculos muy lentamente. La cabeza amenazaba con explotarle por la incredulidad y la excitación mientras que el deseo le atenazaba el cuerpo.

Sus caricias la consumían. La tocaba como si fuera su dueño. Molly, por su parte, jamás hubiera imaginado que era capaz de responder de aquella manera ante otro ser humano. Nunca antes había tratado de experimentar ningún sentimiento romántico por ninguno de los hermanos Gage. Ellos eran sus protectores. Además, Kate decía que eran como sus hermanos y que, por lo tanto, no estaban disponibles para ellas. Sin embargo, aquel la deseaba claramente y ella no se había dado cuenta de lo mucho que lo deseaba hasta aquel mismo instante.

Los sonidos del deseo comenzaron a surgirle de la garganta mientras movía las caderas contra él, incapaz de contenerse. Su cuerpo era una marioneta en aquellas manos expertas que tan hábilmente la acariciaban. Las sensaciones eran tan poderosas que ella gemía de miedo y de anhelo. EL vientre se le tensaba tan fuertemente como si tuviera muelles.

Él gruñó y bajó la cabeza para morderle el lóbulo de la oreja apasionada, desesperadamente. Los sonidos tan sensuales que se le escapaban de los labios la excitaban aún más. La boca le devoraba el cuello, dejando un húmedo sendero que vibraba cada vez que él le apretaba la mano entre las piernas, frotando y acariciando exactamente las partes que más ansiaban el contacto.

Lo peor de todo fue cuando, con un último y firme movimiento de la mano, Molly explotó de placer. Aún recordaba el modo en el que aquella única caricia la había hecho temblar, el modo en el que había querido llorar porque nunca antes había tenido un orgasmo. Se sentía profundamente avergonzada, por lo que lo apartó de su lado en cuanto tuvo capacidad de reaccionar.

–No me toques… ¡Ni siquiera me hables! ¡Esto no me había ocurrido… nunca!

Entonces, se quitó la estúpida máscara, la arrojó a un lado y se marchó.

Al día siguiente, Garrett fingió que no había ocurrido nada, tal y como ella le había pedido. Se había guardado lo ocurrido para sí durante doce noches. No obstante, el deseo se le había despertado y ansiaba más. Molly quería llorar en su cama en silencio.

Deseó no haber besado a Garrett, deseó no haberse detenido, deseó no haberlo apartado, deseó haber tenido el valor de dejarse llevar para que él hubiera hecho lo mismo. Sin embargo, más que nada, deseaba volver a sentir lo que había sentido aquella noche.

Cuanto más lo pensaba y más revivía el beso, más se convencía de que aquella conexión única era que había encontrado a su media naranja.

Julian sabía exactamente la razón por la que no podía dormir, por la que se sentía tan molesto y por la que, últimamente, todo le parecía mal.

La culpa era de Molly Devaney.

Lo estaba volviendo loco de todas las maneras que era capaz de imaginar.

Primero, con lo de Garrett. En aquellos momentos, pensar que ella estaba durmiendo en la habitación de al lado le hacía dar vueltas en la cama sin parar, preso de la frustración.

Se tumbó en la cama y trató de tranquilizarse. Cuando ella le dio un beso, feliz por poder pintar el mural, Julian había tenido que echar mano de toda su fuerza de voluntad para girar el rostro y no recibir aquel beso en los labios. Le habría gustado besarla larga y apasionadamente… Además, las malditas cerezas… ¡Lo había vuelto loco con los sonidos que había hecho mientras se comía las cerezas!

Había sido un milagro que Julian no se hubiera abalanzado sobre ella en el coche, le hubiera agarrado el rostro entre las manos y le hubiera extraído con sus propios labios todas y cada una de aquellas malditas cerezas.

Molly era la única mujer con la que Julian querría que lo encerraran en un armario. Con la que se querría ver en una isla desierta. Era lo único bueno y puro que había en su vida.

Siempre se había imaginado que se tendrían el uno al otro. A Molly no le gustaba salir con chicos y siempre parecía necesitar a Julian. Desgraciadamente, a ella había empezado a gustarle Garrett.

Julian sintió que se le hacía un nudo en el estómago. Jamás hubiera imaginado que pudiera ocurrir algo así.

Al principio, había pensado que ella le estaba tomando el pelo o que trataba de conseguir que él se pusiera celoso. Siempre había imaginado que si alguna vez Molly se enamoraba de alguno de los hermanos Gage, el elegido sería él.

Incluso su familia había pensado que Molly estaba enamorada de él, razón por la cual cada vez que se acercaba a ella, se abrían las puertas del infierno. Julian había tenido que soportar interminables charlas sobre lo de portarse bien con Molly, mantenerse alejado de Molly, respetar a Molly o buscarse otra casa.

Sin embargo, tras lo que parecía una eternidad, el hecho de que Molly deseara a su hermano cambiaba las reglas del juego. Julian llevaba viviendo demasiado tiempo en aquel infierno. Ya no podía engañarse. La magia, la atracción, la química que había entre ellos no se debía exclusivamente a la

41

amistad que los unía. Sabía muy bien que ella le hacía vibrar con sus sonrisas, y eso no tenía nada que ver con un sentimiento de amistad. Y mucho menos de amor entre hermanos.

Llevaba años soñando con ella. Sueños poderosos. Sueños sexuales. Sueños que lo dejaban empapado en sudor y gimiendo de dolor.

Había pensado que si tenía relaciones sexuales con más frecuencia, la poderosa atracción que sentía hacia Molly disminuiría. Sin embargo, lo único que conseguía era desearla más porque ninguna de esas mujeres era Molly.

Nadie podía compararse con ella.

Por eso, necesitaba jugar bien sus cartas. Si ella seguía así, él no tardaría en hacer algo arriesgado y estúpido.

Por fin podría demostrarle a su familia que no los necesitaba y que jamás haría daño a Molly. Necesitaba que ellos vieran que la merecía, que la quería de verdad y no solo por el sexo aunque, por supuesto, cuando este ocurriera iba a ser algo maravilloso. Lo más importante era que tenía que demostrarles que haría lo que fuera necesario para tenerla. Si Molly iba a sentar la cabeza con uno de los Gage, lo haría con Julian. Tanto si les gustaba como si no…

En cuanto a Molly…

Tenía que hacerle comprender que él era el hombre para ella y que siempre lo había sido. De una vez por todas, tenía que terminar lo que había empezado la noche que la besó apasionadamente en la fiesta de máscaras.

Capítulo Cuatro

Dormir en el apartamento de Julian turbaba a Molly, por lo que decidió salir de puntillas de la habitación y dirigirse a la cocina con la esperanza de encontrar en las alacenas algo que le ayudara a dormir. Una infusión de valeriana o de manzanilla le vendría muy bien.

Sin embargo, lo que se encontró en el camino a las alacenas fue un hombre semidesnudo, con un físico bellamente esculpido. Estaba segura de que aquella visión le iba a provocar un insomnio permanente.

Llevaba tan solo unos calzoncillos blancos de algodón que le ceñían perfectamente el trasero. Estaba inclinado hacia el frigorífico, con la cabeza metida en su interior buscando algo para comer.

Molly se detuvo en seco y sintió que el corazón se le saltaba del pecho.

La cálida luz del frigorífico resaltaba la silueta del magnífico cuerpo de Julian, acariciando suavemente sus músculos. Los senos se le irguieron inesperadamente. De repente, él dejó de ser simplemente Julian... se convirtió en Julian John Gage, el seductor, el peligroso...

Molly sintió que un temblor le recorría las pier-

43

nas mientras admiraba lo que tan descaradamente tenía ante ella. Admiró los fuertes brazos, la fornida espalda, las estrechas caderas y… el resto. Las largas y musculadas pantorrillas, el firme trasero que se escondía bajo el ceñido algodón…

La temperatura del cuerpo le subió varios grados, no solo porque él fuera tan sexy, sino porque estaba con él a media noche. Debería estar Garrett allí, debería ser Garrett el que ocupara su pensamiento…

Evidentemente, sus hormonas no eran capaces de razonar. Se aceleraron de tal modo que le provocaron un fuerte hormigueo por todo el cuerpo, además de confusión y desesperación.

Incluso los dedos ansiaban estirarse y trazar los músculos de aquella maravillosa espalda, tocarlos, recorrer los tendones de sus fuertes brazos. Ansiaba acariciar a Julian, recorrerlo por todas partes como si fuera un lienzo.

Se sentía tremendamente culpable. ¿Cómo era posible que hubiera estado pensando en seducir a Julian en su propia cocina? ¿Qué demonios le pasaba?

Desde la noche del baile de máscaras, le parecía que su vida entera estaba patas arriba. No podía dejar de pensar en los besos, en las caricias, en el deseo… Garrett le había despertado las necesidades de una mujer hasta el punto de que las reacciones que tenía ante Julian resultaban extrañas y turbadoras.

–Mmm… ¿Te has olvidado de que tienes una invitada en casa? –le preguntó.

Julian sacó la cabeza del frigorífico y se volvió para mirarla.

—Es que no puedo dormir, Jules.

Se dirigió a las alacenas y abrió una de ellas para buscar su infusión.

—Tómate un poco de leche. A mí siempre me funciona —le dijo él mientras le ofrecía el cartón de leche del que él acababa de beber.

Molly lo tomó y se lo llevó a los labios, tratando de no pensar en que él acababa de poner sus labios en aquel mismo lugar.

—Ah, está fría —repuso ella mientras se lo devolvía. Toda su atención parecía centrarse exclusivamente en fijarse en lo suave y carente de vello que era su amplio torso.

Resultaba casi… amenazador. Extremadamente masculino.

—Voy a regresar a la cama —dijo él mientras volvía a meter la leche en el frigorífico y cerraba la puerta.

—¿Puedo ir a dormir contigo? —le espetó Molly mientras él se retiraba ya hacia la puerta.

De repente, supo que si regresaba sola a su dormitorio, no lograría dormir. Se sentiría turbada por su hombre enmascarado y por Julian con aquel calzoncillo tan ceñido. Necesitaba desesperadamente ver una película con él, acurrucarse con él y dormir a su lado para recuperar a su mejor amigo. Ansiaba que él le hiciera sentirse segura, como cuando eran niños.

—No —respondió él sin mirar atrás.

—No seas tonto, Jules.

–Yo no duermo con mujeres con las que no me puedo acostar –le espetó él.

–Yo no soy una mujer. Simplemente soy yo.

–Precisamente.

Molly frunció el ceño.

–Ponte unos pantalones. Yo me llevaré mi almohada. Venga, no seas malo.

Molly tuvo como respuesta el silencio y el sonido de unos pasos que se alejaban.

–Julian…

La carcajada que él soltó le dio esperanza un instante.

–Buenas noches, Molls.

La segunda noche no le fue mucho mejor, ni tampoco la tercera. Aunque todas las noches trataba de conseguir que él la invitara a dormir con él, Julian parecía tener una voluntad de hierro. Esto sorprendió a Molly, pero le sorprendió aún más comprobar los esfuerzos que Garrett parecía estar poniendo para impedir una relación con Julian. Hasta el momento, cero.

Aquel no era el comportamiento típico de un hombre enamorado.

En realidad, debía tener en cuenta que Garrett siempre había sido el más testarudo de los tres, por lo que probablemente necesitaba incentivos para conseguir reacciones a sus provocaciones.

Molly fantaseaba con la ropa que podría ponerse para llamar su atención. Estaba empezando a desesperarse. Incluso se había imaginado ponerse de nuevo aquel estúpido disfraz de tabernera, pero decidió que no.

Tras la sexta noche en casa de Julian, Molly decidió que la estaba torturando. Enojada por la falta de sueño y cansada por haber estado pintando toda la noche, empezó a preguntarse si se habría precipitado en todo aquel asunto. Prácticamente no había visto a Garrett, y mucho menos había hablado con él. Desgraciadamente, había estado viendo mucho a Julian John.

Aquellos hombres desnudos, los bíceps, los tríceps y todos los demás músculos que él tenía bajo aquella piel sin vello alguno, flexionándose y moviéndose mientras desayunaba, estuvieron a punto de provocarle una combustión interna. Era demasiado… guapo. Su virilidad resultaba casi imposible de soportar.

Por otro lado, la relación entre ellos era maravillosa.

Julian solía leer el periódico mientras Molly repasaba la publicidad que había llegado en el correo. Julian le acusaba de ser la única persona que parecía disfrutar leyéndola y los dos se reían de ello, entre otras cosas. Sin embargo, había momentos en los que todo parecía ser… serio. Demasiado serio.

Cada vez que Molly se levantaba a por más café, sorprendía a Julian mirándole las piernas desnudas que le asomaban por debajo de la larga camiseta. Nunca antes se había sentido tan consciente de sus movimientos. Él parecía admirar todos y cada uno de sus movimientos. Para ocultar su incomodidad, ella le hacía una pregunta tonta para que él volviera a mirarle al rostro. Entonces, como si no la hubiera escuchado, él respondía:

–¿Qué?

No era propio de él. Normalmente nada se le pasaba por alto.

Ese día, había prometido volver a casa con Kate, cuando hubiera recogido más pintura de su casa y encontrara un vestido apropiado para llevar al evento de aquella noche. Se trataba de una pequeña fiesta de bienvenida a casa para Landon y su esposa Beth. Aunque la pareja llevaba ya casada dos años, nunca se habían tomado el tiempo necesario para disfrutar de una luna de miel hasta entonces. Se casaron porque convenía para los intereses del negocio de Landon y porque a Beth le ayudaría a recuperar la custodia de su hijo David. Sin embargo, no tardaron en enamorarse locamente. Con el paso del tiempo, habían conseguido ser uno de los matrimonios más enamorados que Molly había visto en toda su vida.

Aquella sería también la primera vez que Molly y Julian se enfrentaran a todos los Gage a la vez. La primera vez que se enfrentarían con Garrett para hacerle ver lo idiota que había sido al dejar escapar a Molly.

De repente, lo de sexy y sofisticada no le pareció suficiente.

Utilizó la llave que se ocultaba debajo de la maceta que había junto a la puerta y entró rápidamente en la casa. Notó un delicioso aroma a canela y cardamomo.

Al ver su casa, tan acogedora como de costumbre y tan femenina, experimentó una agradable sensación en el pecho. Después de pasar unos días en el masculino apartamento de Julian, su casa le resultó aún más atractiva. Decidió que se llevaría algunos de sus cojines rosas al apartamento de Julian. Necesitaba sentirse más en casa si iba a estar allí un tiempo.

–Bueno, ¿qué es lo que haces aquí?

Molly se dio la vuelta y se encontró con Kate de pie bajo el arco de la cocina. La estaba observando con una expresión sombría en el rostro.

–Solo he venido a por algo de ropa. El coche de Julian es tan pequeño que no cabe casi nada.

Cuando la expresión de Kate no se suavizó, Molly se acercó a ella para darle un abrazo.

–Sé que estás cociendo algo, Molly. Soy tu padre, tu madre y tu hermana todo en uno.

–Y yo sé que estás preparando algo con canela…

En vez de dirigirse a su dormitorio, se miró en los ojos azules de Kate, casi idénticos a los suyos. Tenía un peso tan grande en el pecho aquel día que sentía necesidad de sincerarse con su hermana. Siempre habían estado muy unidas y Kate lo había sido todo para Molly. Sin embargo, casi nunca habían hablado de los hombres. Era como si las dos trataran de fingir que los hombres no existían en sus vidas o que, aparte de su maravillosa relación con los Gage, no necesitaban a ningún otro hombre.

No sabía cómo informar a Kate de que aquello de marcharse a vivir con un hermano era para llamar la atención del otro. Aún no podía hablar de Garrett. Resultaba imposible explicar cómo aquel beso le había puesto el mundo patas arriba. No obstante, podía mencionar algo más que le estaba preocupando.

—Julian odia mi guardarropa —dijo por fin.

—Vaya, ¿por qué no me sorprende eso? —replicó ella con el ceño fruncido.

—Porque tú has dicho lo mismo. Ya está. ¿Te gusta a ti, Kate, que él piense que yo visto mal? Porque a mí no me gusta en absoluto.

—Mira, Molly, no te entiendo. No me has llamado desde hace días y cuando te envío un mensaje me dices que vas en el avión de Julian a una isla para tomar el sol con él. Los dos últimos cuadros que te quedan por terminar para la exposición te están esperando en tu estudio y la fecha límite de entrega cada vez está más cerca. Después de años de escuchar cómo yo te suplicaba que me dejaras cambiar tu imagen, decides por fin hacerlo porque él te lo ha dicho. ¿Qué es lo que pasa entre vosotros dos? Anoche no podía dormir… Tuve que llamar a Garrett. ¡Estoy muy preocupada por ti!

—¿A Garrett? ¿Y qué te dijo?

—Me dijo que me relajara, que él hablaría contigo. Lo que no comprendo es cómo esto ha podido surgir tan repentinamente sin que yo me diera cuenta. Pensé que esto terminaría ocurriendo más tarde, cuando los dos fuerais más maduros.

–¡Olvídate de eso! Dime qué tono utilizó Garrett. ¿Estaba enfadado, preocupado... posesivo tal vez?

–Pues no me acuerdo exactamente... pero yo sí que estoy preocupada por todo este asunto, Moo. Pensaba que hasta ahora eras virgen...

Kate le agarró de los hombros y la miró muy fijamente. De repente, Molly tuvo que bajar la mirada al suelo. Se sentía completamente transparente.

–Y sigo siéndolo –susurró. Entonces, se dio cuenta de lo que había admitido y que la verdad, en aquellos momentos, no era lo que le convenía–. Bueno, es decir, antes de Jules...

–¿Te dolió la primera vez, Molly? ¿Te hizo daño?

Aquella pregunta, llena de cariño y preocupación, hizo que Molly se sintiera muy culpable. Como no sabía qué responder, decidió echar mano de la imaginación.

–No quería hacerme daño, pero ya sabes...

Decidió dejar la respuesta así, en el aire, para que Kate pudiera sacar sus propias conclusiones.

–¡Sería capaz de matarlo!

–¡No, no! Fue maravilloso. Él fue...

Trató de imaginarse cómo sería Julian haciendo el amor. ¿O acaso debía fantasear con Garrett? De repente, la boca se le humedeció y tuvo que tragar saliva.

–En realidad, fue perfecto. Sin embargo, me duele el orgullo desde que insultó mi manera de vestir –añadió, para cambiar de tema–. Estoy verdaderamente molesta, Kate. Por eso, quiero mostrarle que puedo tener una imagen fantástica, pero que no me preocupa lo que él quiera. Sé que estás preparando cosas para la fiesta de esta noche, pero ¿crees que te podrías tomar una hora para ayudarme a estar impresionante?

—¿Tanto como para que Jules se trague sus palabras?

—¡Sí! —exclamó Molly riendo.

Se imaginó el rostro de Julian cuando la viera atravesar las puertas del ascensor… El momento no tendría precio. Él tendría un aspecto aturdido y sorprendido y ya no volvería a pensar lo mismo de Molly.

—Está bien, Molly. Te ayudaré a cambiar tu imagen, pero…

—¿Sí? —preguntó Molly mientras se dirigía ya a su dormitorio y empezaba a revolver en el armario para buscar prendas que pudieran hacer que la boca de un hombre se hiciera agua.

No tenía mucho, pero encontró un vestido muy bonito en el armario de Kate. Se lo mostró a su hermana. Le encantaba ver cómo la seda color zafiro relucía bajo la luz.

—Tiene la etiqueta puesta —dijo Molly.

—Quítasela —replicó Kate muy emocionada.

—Pero es nuevo. No puedo ponérmelo…

—Claro que puedes. Lo tenía ahí para cuando llegara la ocasión. Te quedaría muy bien, Moo.

—Me gustaría que dejaras de llamarme Moo. Me siento como una vaca… —susurró. Volvió a colgar el vestido de la percha.

Las dos compartieron una sonrisa y minutos después, Molly encontró otro vestido en el armario de su hermana. Era negro, ceñido y tenía un maravilloso escote a la espalda. Molly se lo puso al revés para ponérselo a su modo y decidió que lo llevaría así. De ese modo, luciría un escote espectacular aquella noche.

Pasó un día maravilloso con Kate cambiando su imagen y ayudando a su hermana a terminar de cargar algunas de las cosas que había preparado para la noche en la furgoneta. Después, se dirigió al apartamento de Julian con el corazón latiéndole con fuerza..

Llevaba el cabello recogido con un pasador de cristal en forma de mariposa. No estaba acostumbrada a llevar el cabello recogido, pero así parecía hacerle resaltar los rasgos. Sus inseguridades se acrecentaron cuando le pidió al botones que le guardara sus pinturas y sus lienzos hasta que ella llamara para que se los subieran y el hombre pareció no haberla visto antes. En ese momento, deseó regresar a su casa y ponerse su falda de estilo hippie, soltarse el cabello y volver a ser ella misma.

Entonces, decidió que no lo haría. Aquel no era el momento para sentirse insegura. Le demostraría a Julian lo sensual y segura de sí misma que podía ser, aunque ello le costara la vida.

Atravesó el vestíbulo con decisión, consciente del contoneo de sus caderas y de cómo la tela del vestido se le ceñía a la piel. Garrett se iba a volver loco cuando la viera. Si le había gustado el vestido de tabernera, aquel le encantaría. ¿Y si no le gustaba a Julian? Se le hizo un nudo en el estómago y se preguntó lo que aquello significaba. Esperaba que nada. Después de todo, no se había puesto así para él.

Respiró profundamente y apretó el botón del ascensor.

Al escuchar la campanilla del ascensor, Julian levantó la mirada del bar y estuvo a punto de dejar caer al suelo una botella que había estado examinando. Se trataba de un vino tan escaso y caro que solo quedaban veinte botellas en todo el mundo.

Una exótica criatura, que se parecía a Molly, acababa de salir del ascensor. Julian sintió un golpe en el pecho y notó que los ojos amenazaban con salírsele de las órbitas.

Estaba seguro de que nunca en su vida, después de salir con modelos, actrices e incluso una princesa, se había sentido tan excitado al ver a una mujer como lo estaba en aquel instante viendo con aquel minúsculo vestido negro.

Parecía una diosa. Una bomba sexual. Acababa de despertarle todos los instintos más primitivos.

Casi no podía apartar la mirada de ella. Se sentía completamente sin palabras.

Molly llevaba el cabello recogido, pero había dejado que varios mechones se le escaparan del peinado para enmarcar su precioso rostro. El aspecto general del peinado parecía hacer destacar aún más la delicadeza de sus rasgos. Sus hermoso labios relucían con un brillo de color melocotón, y se había puesto una sombra de color gris en los ojos que los hacía parecer más grandes y más azules que de costumbre. Tenía unos discretos pendientes de perlas en las orejas que le daban un aspecto elegante y distinguido...

Iba a ser una noche muy larga.

Tratando de controlar la expresión de su rostro, dejó la botella de vino sobre el bar y notó que la mano le temblaba.

—¿Le pasa algo a tu ropa habitual, Molls? —le preguntó, sorprendido de haber podido articular palabra.

—De hecho, sí —replicó ella colocándose las manos en las caderas—. Según tú, no son ni sexys ni sofisticadas.

Julian frunció el ceño y permaneció en silencio, tratando de decidir lo que tenía que hacer. Una parte de él no hacía más que pensar lo bien que estaría con aquella mujer en su dormitorio, tumbados en la cama...

¿Había elegido ella aquel vestido para Garrett?

Se sintió atenazado por los celos. Los ojos se le salían de las órbitas mientras observaba el profundo escote, la estrecha cintura y los tacones de vértigo. Un fuego pareció encendérsele en el pecho y el calor no tardó en extendérsele por todas las partes del cuerpo.

—¿Llamas a eso sofisticado y sexy? —le preguntó con voz ronca.

Molly le sacó la lengua.

–No me vengas con esas, Jules. Claro que lo es. Sé que estoy muy bien.

Julian prefería no pensar en todos los lugares en los que podría querer sentir aquella lengua.

–Bien no es la palabra que yo utilizaría.

–Está bien. Estoy impresionante.

–¿Y quién lo dice? ¿Tú?

–Venga, veo que estás mintiendo, Jules. Sé un hombre y admítelo –le desafió Molly. Evidentemente, ella estaba disfrutando con aquella conversación.

–Yo soy el único hombre aquí, Molly, y lo admitiría de buen grado si no estuviera tan ocupado buscando el resto del vestido. ¿Y bien? ¿Dónde está el vestido?

–¿No te gusta? –preguntó ella con cierta inseguridad–. Bueno, de todos modos no me lo he puesto para impresionarte a ti –añadió encogiéndose de hombros.

Con eso, se dirigió a su dormitorio, donde empezó a meter cosas en el pequeño bolso de mano.

Julian la siguió hasta el umbral de la habitación y observó cómo el vestido se le ceñía al trasero cuando se inclinó. La boca se le hizo agua. Tenía un aspecto tan dulce y tan delicioso que estaba salivando como si fuera un perro.

Había tenido piernas kilométricas rodeándole el cuerpo y senos del tamaño de melones en las manos, pero nunca antes se había sentido tan excitado.

Deseaba a Molly tan desesperadamente que se

sentía a punto de morir de deseo. Ansiaba acariciarle los pechos y chupárselos hasta que le doliera la mandíbula. Anhelaba soltarle el cabello y ver cómo los mechones rojizos le caían para acariciarle las delicadas curvas de los hombros y de la nuca. Quería hundirse en aquel escote y bajar lamiéndole la piel hasta llegar al centro de su ser y quería permanecer allí, toda la noche, bebiendo y dándose un festín, adorando cada centímetro de su feminidad.

Sabía que ella buscaba sus elogios aquella noche y, más que nada en el mundo, él deseaba dárselos. Deseaba también quitarle aquel vestido con los dientes y recorrerle los dedos de los pies con los labios e ir subiendo por los finos tobillos y las esbeltas pantorrillas hasta llegar a los hermosos muslos. Ahí, recorrería a placer las caderas y la cintura, para luego subir hasta los cremosos pechos con las manos mientras enterraba los labios entre las piernas y se intoxicaba con su embriagador sabor. Quería transportarla al paraíso y quería que ella le pidiera algo, lo que fuera, para que él pudiera mirarla los ojos y decirle: como desees.

Sin embargo, no haría nada, porque Molly se había puesto aquel vestido para otro hombre.

–Sé que me estás mirando, Jules –dijo ella.

Julian se apoyó contra el umbral de la puerta y trató de recuperar la compostura.

–Estás dejando al descubierto tanta piel que me preocupa que puedas caer enferma de neumonía.

Ella se dio la vuelta muy sorprendida. Entonces, echó la cabeza atrás y soltó una carcajada.

–¿De verdad? ¿Tanto te preocupa mi salud o es más bien tu ego y el hecho de que ni siquiera puedes admitir en una ocasión que no parezco haber salido de una batidora?

–Si no quieres que te estén acosando toda la noche, te sugiero que por lo menos te pongas una chaqueta –dijo, esperando que su voz sonara como la de un buen amigo.

–Pero si hay más de cuarenta grados ahí fuera. ¿Por qué iba a ponerme una chaqueta?

Julian le miró los pechos con la intención de que ella se diera cuenta.

–¿Acaso necesito recordarte que eres mi amante? Eres propiedad mía y no voy a consentir que esos canallas te miren… tus atributos.

–Mido metro y medio y soy prácticamente invisible, Jules. Nadie me va a mirar a excepción, espero, de Garrett. Entonces, él me pedirá que me case con él y los dos tendremos hijos.

Julian estuvo a punto de perder la compostura que tanto le había costado recuperar.

–No me he metido en esto para hacer el papel de estúpido, Molly. ¡Se supone que eres mi chica!

Ella tenía una expresión divertida en los ojos.

–Bueno, al menos podrás ejercitar tus músculos un poco mientras te enfrentas a los que quieran algo conmigo, ¿te parece?

Julian se acercó a ella y le agarró los hombros.

–Claro que lo haré. ¿Sabes por qué?

–Ilumíname.

–Todos los que van a asistir, amigos de Landon y

socios de negocios, van a caer sobre ti como si fueran una manada de bestias muertas de hambre. Siempre lo han hecho, pero tú no te has dado cuenta. Eres tan diferente, Molly…

Ella no sabía el efecto que era capaz de producir en él ni en otros hombres. Ni siquiera se daba cuenta de cómo la miraban…

–¿De verdad crees que soy diferente, Jules?

–No necesitas cambiar en nada para atrapar a un hombre –afirmó él–. Si tienes que cambiar tu identidad para hacer que él se fije en ti, en ese caso no creo que Garrett te merezca.

Cuando Julian terminó de hablar, Molly se lo quedó mirando muy fijamente, con curiosidad.

–Entonces, básicamente, lo que estás diciendo es que estoy bien, ¿no?

Había fruncido los labios, unos labios que él anhelaba besar hasta que estuvieran rojos e hinchados de sus besos. Trató de encontrar una respuesta, pero su estado de excitación se lo impedía. No quería que nadie lo viera así, pero le debía a Molly la verdad. Tenía que deshacerse de los celos por mucho que le doliera.

–Date la vuelta para que te vea.

Ella lo hizo, muy lentamente. Sí. Molly lo estaba matando. Tenía un trasero tan respingón y redondo… Necesitaba hacer algo al respecto. Tocarla en algún sitio. Extendió la mano para meterle un mechón de cabello detrás de la oreja y luego sonrió.

–Sí, nena. Estás muy bien –le dijo, antes de darle un azote en el trasero–. Demasiado bien…

Capítulo Cinco

–¿Crees que a Garrett también le gustará mi vestido?

Aquella pregunta irritó a Julian profundamente, tanto como la picadura de una serpiente, mientras los dos se dirigían a la casa de Landon y Beth.

Dudó antes de responder. Le apretó cariñosamente las manos, que ella no dejaba de retorcer sobre el regazo.

–Desde luego, Molly. Relájate. Estás muy guapa.

Sin embargo, era él quien tenía que relajarse. Necesitaba emborracharse, pero no era tan estúpido como para volver a hacerlo, tal y como había hecho la noche de la fiesta de máscaras. No. Aquella noche necesitaba estar en posesión de sus cinco sentidos. Aquella noche Molly lo necesitaba para llevar a cabo sus propósitos y él estaba dispuesto para hacerlo. Sin embargo, se sentía como si tuviera una bomba sujeta contra las costillas.

Jamás había pensado que sentiría tantos celos. Aún no podía creerse que todo aquello fuera cierto. A pesar de todo, estaba esforzándose mucho por mantener la cabeza sobre los hombros para centrarse en las partes de la velada que sabía que le reportarían placer.

Entregó las llaves del coche al aparcacoches y se dispuso a ayudar a Molly a salir del coche.

Su aroma lo envolvió cuando salió del vehículo. Cremosas piernas, sedoso cabello rojizo, sensuales curvas...

No iba a pensar en nada de todo aquello. En silencio, decidió centrarse en lo cálida que resultaba la noche y la condujo hacia la escalera.

—Molls...

—¿Sí?

Quería decirle que jamás la había visto más hermosa, pero, en vez de eso, levantó la mano y le dio un delicado beso. La sonrisa que ella le dedicó se le envolvió en el corazón.

De la mano, entraron en el vestíbulo de la imponente mansión. La reunión consistía de un pequeño grupo de amigos, la familia y, por supuesto, los dos enormes mastines de Landon, que estaban tumbados en la alfombra que había en el lado opuesto del salón.

En cuanto los vieron, se ocuparon de separarlos. A Molly se la llevaron Kate y Beth para interrogarla mientras que la madre de Julian se acercó a él antes de que pudiera tomar una copa de vino.

—¡Mi querido hijo! ¡Queridísimo hijo! —exclamó desde la distancia—. ¿Qué es eso que he oído de lo tuyo con Molly? Respóndeme. Tengo los nervios desquiciados últimamente, así que no necesito que tú me los desquicies aún más.

Julian sonrió afectuosamente y con satisfacción al ver cómo las noticias afectaban y sacaban de sus casillas a su protectora madre. Ella, que lo había enviado a España, a Francia, a Rusia y a África para separarlo de su mejor amiga. Ella, que le había advertido que si tocaba a la única chica que le había importado nunca, podría dejar de considerarse miembro de la familia Gage.

Sí, le daba placer, un perverso placer ver si ella podría llevar a cabo sus amenazas del pasado. Una parte de él saboreaba con delicia las peleas que tenía con su madre, aunque la adoraba. Le había dolido mucho ser juzgado y condenado por su familia entera por un pecado que ni siquiera había cometido.

Sí. Le gustaba rebelarse, darles exactamente lo que más temían. Pronto se darían cuenta de lo equivocados que estaban sobre él.

Vio que su madre lo miraba fijamente, como advirtiéndole. Julian bajó la cabeza y le dio un beso en la mejilla sin perder la compostura.

–Si lo que has oído es que Molly está conmigo, has oído la verdad, mamá. Ahora, por fin, podrás llevar a cabo tus amenazas y desheredarme.

Eleanor se apartó de él conteniendo estrepitosamente la respiración. Parecía verdaderamente traumatizada por aquella sugerencia.

Julian quería asegurarle que ya no necesitaba el dinero que su padre había dejado. Podría vivir lujosamente de sus ahorros, pero tenía un negocio muy prometedor en ciernes y varias empresas esperando sus servicios en el terreno de las relaciones públicas. Prefirió guardar silencio por el momento.

–Ya sabías que esto ocurriría, mamá, igual que yo sabía que algún día te tendría que demostrar lo mucho que la deseaba y hasta dónde estoy dispuesto a llegar por ella.

Eleanor Gage le desafío con la mirada.

–Si crees que voy a permitirte que utilices a esa muchacha como a todas las demás con las que sales, estás muy equivocado Julian John. Esa muchacha es como una hija para mí.

Julian asintió. Entendía perfectamente la situación en la que se había encontrado su madre hacía veinte años, cuando llevaron a las niñas a su casa. Ella misma se había quedado viuda con tres hijos muy pequeños y se sentía responsable por la muerte de un empleado que dejaba a dos niñas huérfanas. Su madre las acogió, pero se volvió mucho más inflexible con sus propios hijos.

Le resultaba insoportable pensar que sus hijos podrían hacer daño a las niñas. Después de todo, estaban en deuda con ellas. Sin embargo, nadie había comprendido nunca que Julian no quería hacerle daño a Molly, igual que no deseaba hacerle daño a su madre en aquellos momentos.

Deseaba a Molly y ya nadie iba a impedir que fuera suya.

Fingiendo altivez, tomó una de las manos de su madre y la estrechó entre las suyas.

–¿Por qué no tienes un poco más de fe en mí, mamá? Deja que, por una vez, seamos felices juntos. Te aseguro que nunca le haría daño a Molly –añadió antes de marcharse a saludar a Landon y a su esposa–. Me duele pensar que me creas capaz de hacerle sufrir.

Molly estaba al otro lado de la sala con Kate y Beth, que se estaba poniendo al día de todo lo que había ocurrido.

–¡No me lo puedo creer! Landon y yo nos marchamos dos meses y cuando regresamos resulta que Julian y tú estáis saliendo.

–En realidad, es mucho más que eso, Beth. Me he ido a vivir con él –afirmó Molly muy orgullosa–, pero así fue exactamente como me sentí yo cuando salí de mi estudio después de un largo periodo creativo y me enteré de que Landon se había vuelto a casar. Ni siquiera sabía que hubiera conocido a nadie. ¡Julian debería haberme informado aquellas noches en las que me llevaba comida china al estudio!

Molly observó a Landon, otro estupendo espécimen de los Gage. Aunque se trataba de un hombre que no se perturbaba fácilmente, incluso él parecía algo confuso mientras hablaba con su hermano pequeño. Garrett se les unió al cabo de pocos segundos. Molly observó su ancha espalda. Se imaginaba perfectamente el siguiente beso. Seguramente sería tan apasionado como el primero…

Observaba con una triste sonrisa a los tres hombres. Los adoraba a los tres. La luz de las lámparas reflejaba el cabello rubio de Julian, que contrastaba profundamente con el de sus hermanos, oscuro en ambos casos. Sintió una profunda ternura hacia él.

Solo pensar que se pudiera estar llevando las reprimendas de sus dos hermanos por estar saliendo con ella le hacía quererlo aún más. ¿Sería Garrett capaz de hacer algo así por ella?

Mientras que Julian parecía cada vez más relajado, Garrett se mostraba tenso. Molly esperaba que la razón fueran los celos. Landon, por el contrario, parecía muy feliz. Después de todo, era un hombre completamente satisfecho con el estado de su vida y plenamente enamorado, como atestiguaban las frecuentes miradas que le dedicaba a Beth.

–Landon dice que siempre se imaginó que esto terminaría ocurriendo –comentó Beth–. Cuando aterrizó nuestro avión, llamó al despacho y Garrett le contó lo vuestro. Ni siquiera se sorprendió. Dijo que era algo inevitable.

–¿Sí?

Molly se quedó muy sorprendida. ¿Quién hubiera pensado siquiera que Julian y ella podrían ser más que amigos?

Resultaba ridículo. A Molly ni siquiera le gustaba salir con chicos, y Julian era un playboy.

Sin poderse creer lo que acababa de escuchar, volvió a mirar a los tres hombres con la intención de admirar a Garrett desde la distancia y recordarse por qué estaba enamorada de él. Sin embargo, su mirada se prendió de Julian, que parecía estar explicándoles algo muy pausadamente a sus hermanos.

Se había quitado ya la chaqueta y la corbata. Su cuerpo exudaba una poderosa masculinidad. Se había remangado la camisa para dejar al descubierto sus poderosos antebrazos. Su actitud era firme y segura.

Antes de que Molly pudiera centrar la mirada en el hombre que amaba, Julian pareció notar que ella lo estaba observando porque, de repente, giró la cabeza. La sonrisa que tenía en los labios se evaporó gradualmente. Sus ojos verdes la observaron desde el otro lado de la sala como si estuvieran reclamándola como suya.

Sin poder evitarlo, Molly apartó la mirada, pero no por mucho tiempo. Volvió a mirar a Julian. En ese momento, vio que él le decía algo a Garrett y se dirigía hacia ella. Molly se puso muy nerviosa, pero entonces se dio cuenta de que él había comenzado la actuación, con la que esperaba que Garrett se diera cuenta de lo mucho que la deseaba. Entonces, se pondría muy celoso y se sentiría obligado a apartarla de Julian para reclamarla de una vez por todas.

Sí, por supuesto. Todo aquello formaba parte del plan.

Sin embargo, mientras que Julian se dirigía hacia ella con aquella manera tan felina de caminar, ella sintió que las piernas se le licuaban. No se había sentido tan deseable desde que Garrett la besó. El modo en el que Julian la miraba le hacía sentirse femenina… tan femenina…

Efectivamente, a Julian se le daba muy bien. Y era tan guapo… Todos los presentes aquella noche en la sala estaban convencidos de que le pertenecía a ella.

–Ven conmigo. Vamos a bailar –le dijo Julian cuando llegó a su lado.

Molly sonrió.

–No hay pista de baile, tonto.

–Venga, Molly. Hay música. Eso es lo único que necesitamos.

Molly sonrió y le agarró la mano. Se sorprendió al experimentar una fuerte descarga al entrelazar los dedos con los de él. Julian le hizo dar una vuelta y la recogió entre sus brazos.

Molly ahogó una exclamación. No se sentía preparada para que el poderoso cuerpo de Julian se alineara tan perfectamente con el de ella. De repente, él había borrado toda la distancia que los separaba. El calor del cuerpo de Julian la envolvía, provocándole una relajación además de una extraña sensibilidad en la zona del vientre. Aquello la desconcertaba.

–Se te da tan bien que casi molesta –comentó ella con una sonrisa.

Le enredó las manos en la nuca, tratando de no pensar lo indefensa que se sentiría si Julian decidiera mostrarse tan encantador con ella como lo era con el resto de sus aventuras. Por supuesto, eso no ocurriría nunca ni surtiría efecto alguno en ella. Para Molly solo había un hombre, un hombre que esperaba que estuviera observando la escena.

–¿Está Garrett mirando? ¿Está mirando hacia aquí, Jules?

–No lo sé, Molls. Yo te estoy mirando a ti.

El tono de voz que utilizó, tan profundo, despertó algo en el interior de Molly, algo que le hizo sentirse muy incómoda. Podría ser que la sensación se debiera a que Garrett los estuviera observando. Tenía que ser así. Le parecía que la Tierra había dejado de girar y que no solo Garrett, sino el mundo entero, los estaba observando bailar.

–Estoy segura de que nos está mirando –susurró ella–. Creo que sería buena idea que nos fuéramos a dar un paseo a alguna parte y volviéramos algo descocados, ya sabes. O que nos encerráramos en un armario un cuarto de hora para que la imaginación se le desbocara.

Sintió que el cuerpo de Julian se tensaba. Entonces, él bajó la cabeza para responderle al oído.

–Como desees…

Aquellas palabras le resultaron tan inesperadas que Molly sintió que le explotaban fuegos artificiales en el estómago. Tan inesperadas como la suave caricia de los labios de Julian en el lóbulo de la oreja. El corazón se le aceleró.

–¿De verdad? –murmuró conteniendo su reacción–. ¿Te parece buena idea?

–Sí –respondió él acariciándole suavemente la barbilla, para luego hacer lo mismo con el labio inferior. Molly se echó a temblar–. Siempre me ha gustado eso de retozar en los armarios. Vayámonos.

Molly no recordaba haberse movido tan rápidamente en toda su vida. A los pocos segundos, él se detuvo y la empujó al interior de un despacho.

En el instante en el que se cerró la puerta, Molly sintió que se le detenía el corazón.

La oscuridad los envolvía como una capa de terciopelo. En aquel espacio tan reducido, Julian se abalanzó sobre ella como un tornado, pero Molly no pudo quedarse quieta. Tragó saliva.

–¿Llevas lápiz de labios en el bolso? –preguntó.

A medida que los ojos fueron acostumbrándosele a la oscuridad, ella se dio cuenta de que Julian se estaba desabrochando los botones de la camisa. Molly casi no pudo organizar los pensamientos al ver cómo dejaba al descubierto su bronceado torso. Se relamió los labios y, sin pensarlo, se lanzó sobre él.

Le rodeó el cuello con los brazos y lo besó en la mandíbula, apretándose contra él. Después, deslizó los labios por el fuerte cuello. Supuso que lo había sorprendido, porque él se mantuvo completamente inmóvil. Tal vez ni siquiera estaba vivo.

Sí que lo estaba. El calor que le emanaba del cuerpo llegaba hasta los mismísimos huesos de Molly. Embriagada por aquellas increíbles sensaciones, comenzó a besarle la piel que de encima de la clavícula. Entonces, se preguntó si se debería atrever a trazarla con la lengua.

–Molly…

–Mmm –murmuró ella mientras le daba un beso en la base de la garganta.

–Podrías haber hecho lo mismo con el lápiz de labios, nena. No tenías por qué besarme.

Molly tardó un instante en comprender lo que él acababa de decir. Entonces, se apartó repentinamente. Se sentía muy confusa.

–¿Qué quieres decir…? No me acuerdo de dónde deje el bolso. Creo que lo tiene Beth.

Julian debió de notar la profunda vergüenza que la atenazaba porque volvió a tomarla entre sus brazos.

–Shh. En ese caso, sigue. Esto también funciona.

Molly dudó. Las mejillas le ardían. Para animarla, Julian se desabrochó otro botón de la camisa tan tranquilamente que ella comenzó a fijarse en detalles de los que antes jamás se había percatado. Sin embargo, sabía que todo aquello le resultaría mucho más fácil si no lo hubiera visto desnudo antes.

–Ahora, trata de besarme un poco más abajo…

Se abrió la camisa por completo. Entonces, Molly creyó que se le cortaba la respiración. Las rodillas le temblaban.

Un temblor se apoderó de ella. Cuando Julian vio que Molly no se movía, le colocó las manos suavemente tras la cabeza y la animó a acercarse. Entonces, comenzó a tratar de desabrocharle el pasador que le sujetaba el cabello.

Cuando por fin la melena le cayó por los hombros, ella bajó la cabeza y le dio un beso en el pecho. Julian permaneció completamente inmóvil. Entonces, murmuró:

–Baja un poco más…

Molly cerró los ojos y volvió a besarlo, un poquito más abajo. Sintió cómo los músculos de Julian se contraían y su propio vientre se contrajo como respuesta. ¿Por qué reaccionaba así? Se sentía como una adolescente robando el primer beso, como si fuera una niña portándose mal. Por supuesto, todo tenía que ver con la excitación de conseguir que Garrett se pusiera celoso. Iba a funcionar con toda seguridad.

–Más abajo, nena…

Molly confiaba tan ciegamente en Julian que obedeció automáticamente. Siguió sus instrucciones casi sin dudarlo, aunque había empezado a preguntarse cómo iba a saber Garrett que ella le había estado besando los abdominales a su hermano Julian. Se abstrajo pensando en Garrett y dejó que sus labios bajaran cada vez más. La cálida piel de Julian resultaba tan sedosa…

–Más abajo…

Molly se sentía como si estuviera soñando. Bajó un poco más. Los párpados le pesaban mientras un extraño temblor le hacía vibrar las terminaciones nerviosas. Entonces, oyó que él se bajaba la cremallera de los pantalones.

Sorprendida, levantó la cabeza. Se sentía muy confusa. Entonces, se dio cuenta de que él se estaba riendo. Rápidamente, Julian volvió a subirse la cremallera.

–Eres tan inocente… me preguntaba cuándo te darías cuenta.

Molly le dio un manotazo en el brazo y se irguió.

–¡Idiota!

Trató de apartarse de él, pero Julian le agarró las muñecas.

–No, no, no, nena. Todavía no. Ahora te toca a ti…

Julian le revolvió el cabello con las manos. Molly

se sentía… desequilibrada. Demasiado vulnerable ante él. Incluso el ligero roce de los dedos contra el cuero cabelludo le provocaba sensaciones eléctricas, llenas de una inexplicable adrenalina. Tenía que esforzarse para controlar que las llamas le abrasaran el cuerpo. El aroma de Julian la estaba matando. Se sentía muy mareada…

¿Qué le estaba ocurriendo?

Era Julian, no Garrett. Julian.

Notó que él le colocaba las manos en la nuca y que tiraba de ella.

Se detuvo en seco y susurró con un hilo de voz:

–Julian… ¿qué estás haciendo?

–Shh. Solo quiero que me manches la boca de lápiz de labios. Solo un poco…

Julian le sujetó el rostro con las dos manos. Entonces, ella notó algo grande y muy rígido contra el vientre.

–Julian…

Giró la cabeza hacia un lado. Sin embargo, en vez de retirarse, Julian bajó aún más la cabeza y la aplastó decididamente contra la de ella.

El contacto los abrasó a ambos. Atónita, Molly separó los labios. Julian se retiró, pero luego volvió a bajar la cabeza y a repetir el movimiento, deslizando la boca sobre la de ella. Molly sintió que las rodillas se le doblaban y que el vientre se le deshacía para convertírsele en lava.

Un temblor le recorrió todo el cuerpo, seguido por una oleada de deseo tan grande y poderoso que el mundo pareció perder el eje. Ni siquiera el beso de Garrett le había provocado aquellas sensaciones. No debería sentir aquel fuego recorriéndole las venas. No debería querer más... quererlo todo...

Sin embargo, así era.

La cercanía de Julian la embriagaba, el roce de sus sensuales labios la fascinaba más allá de toda medida. Se sentía débil por el deseo. Nunca había deseado algo tanto como deseaba que Julian siguiera besándola.

Sin embargo, él permaneció inmóvil. Parecía estar torturándola con la posibilidad de aquel beso. El delicioso aroma de su cuerpo la envolvía, turbándola aún más. Era increíble. Él resultaba tan familiar y, al mismo tiempo, tan desconocido... Era como si estuviera empezando a conocer su cuerpo, a ver cómo este se despertaba con Julian.

Molly separó los labios mientras él rozaba los suyos contra los de ella una vez más. Oyó que emitía un sonido y, cuando él la soltó, estuvo a punto de desmoronarse en el suelo.

–Ya está. Seguramente ahora tengo más lápiz de labios que tú. Vamos, Molls. Salgamos de aquí.

Julian fue a abrir la puerta del despacho. Cuando lo hizo, la luz que entraba desde el pasillo dibujó su impresionante silueta.

Molly trató de moverse, pero no pudo hacerlo. Parpadeó, pero no pudo centrar la vista tampoco. Ni siquiera podía respirar. No sabía qué era lo que le pasaba, pero su mente parecía desear que él regresara y que volviera a besarla. Y de repente, él estaba a punto de marcharse.

—¡J. J., espera! —exclamó.

Molly sintió que el corazón se le detenía cuando él se quedó inmóvil y se dio la vuelta. Durante un instante, los dos volvieron a mirarse y algo eléctrico pareció saltar entre ellos.

Julian cerró la puerta tan lentamente que el corazón de Molly estuvo a punto de desintegrarse. Inmediatamente, la oscuridad volvió a rodearlos. La oscuridad y algo más, algo salvaje e indomable. El aire se cargó de una intensidad insoportable.

Julian dio un paso al frente.

—¿Qué es lo que acabas de decir? —le preguntó. Su voz era muy suave. Suave y muy peligrosa.

Molly contuvo el aliento.

—He dicho J. J.

Los ojos de Julian relucían como linternas en la oscuridad de la noche. El corazón de Molly le golpeaba con fuerza el pecho, haciendo que la sangre le zumbara en las orejas. Entonces, con lenta y deliberada precisión, Julian le colocó las manos a ambos lados de la cabeza y la aprisionó entre los brazos.

—Dímelo a la cara, Molly. Dímelo una vez más a la cara. Te desafío.

El anhelo se apoderó de ella.

Molly sabía que aquello era una locura y, sin embargo, no pudo contenerse. El cuerpo le temblaba de la cabeza a los pies. Habían estado jugando hasta entonces, pero aquello era ya mucho más que un juego.

Molly ya no sabía nada, excepto que debería disculparse por haberle llamado por el apodo que él más odiaba del mundo para luego marcharse.

Tal vez en realidad no quería que él la besara, sino Garrett. Tal vez aquella noche había perdido la cabeza, porque lo miró entre las sombras y se oyó repetir:

–J. J., he dicho J. J.

El silencio era ensordecedor.

Julian abrió los ojos de par en par. No estaba seguro de haberlo escuchado bien la primera vez, pero en aquella ocasión ya no tenía dudas.

Molly lo había llamado J. J. Iba a tener que pagar por eso.

Con un rápido movimiento, tiró de ella y le habló con voz áspera.

–¿Te acuerdas lo que te dije que haría si me volvías a llamar J. J.?

Molly sonrió y asintió lenta, provocativamente.

Prácticamente embriagado ante la perspectiva de ejercer su castigo, Julian le acarició suavemente los brazos.

–Bien, en ese caso voy a tener que besarte –ronroneó mientras comenzaba a inclinarse hacia ella.

–Está bien, Jules –susurró ella mientras se aferraba a los brazos de Julian como si le fuera en ello la vida.

Él le enmarcó el rostro con las manos y bajó la cabeza. El corazón le latía rápidamente.

–¿Está bien, Jules? –repitió él–. ¿Es eso lo único

que tienes que decir? Muy bien. Tú lo has querido...

Empezó tranquilo, colocando suavemente los labios sobre los de ella con una ligera caricia. De repente, aquella sencilla caricia se transformó en una fusión erótica de los cuerpos. Julian la estrechó con fuerza. Las bocas de ambos se separaron, devorándose mutuamente al unísono.

Julian gruñó al sentir que los gruesos labios de Molly se abrían para él. Entonces, le introdujo la lengua en la boca, buscando ávidamente la de ella. El suave gemido que ella emitió le retumbó en la garganta a Julian mientras ella, tímidamente, le lamía los labios.

Tras profundizar el beso, él deslizó las palmas de las manos por la espalda de Molly, moldeando el cuerpo de ella contra el suyo. Los senos se le apretaron suavemente contra el torso y creyó que iba a volverse loco cuando ella le frotó los pezones contra la tensa piel.

Molly le clavó las uñas en los hombros mientras exploraba ávidamente la boca de Julian con la suya. Cuando comenzó a mover las caderas contra las de él, Julian experimentó que sus sentidos rebosaban dolor y euforia a la vez. El dolor provenía de la presión a la que sometía la potente erección contra la cremallera del pantalón, a pesar de que ansiaba frotarla contra las maravillosas caderas con las que ella le estaba provocando.

Julian le agarró con fuerza la cintura y profundizó más aún el beso, notando nuevos sabores en el interior de su boca. Su sabor era tan puro... De repente, sintió un deseo desesperado por hacerle el amor.

Desatado por la osadía de Molly, le agarró las manos y se las levantó por encima de la cabeza, inmovilizándoselas contra la pared. Esto la sorprendió, lo que le hizo exhalar un gemido. Julian atrapó el sonido entre sus labios y la besó aún con más fuerza.

Su cuerpo explotó en un caos absoluto cuando ella se soltó y comenzó a acariciarle los brazos y el cabello y realizando suaves sonidos contra sus labios.

Era increíble...

Julian jamás había deseado a nadie de aquella manera en toda su vida. Molly. Su pequeña y dulce Molly... Quería escuchar cómo alcanzaba el clímax, cómo perdía el control igual que ella le hacía perder el suyo. No obstante, no estaba del todo seguro de que ella deseara que aquello ocurriera.

—Molly... —murmuró él tiernamente.

—No pares... por favor, déjame fingir un poco más...

Julian sintió que algo se revolvía dentro de su ser.

—No te atrevas a fingir que yo soy mi hermano... —susurró, apoyando la frente contra la de ella.

Molly siguió abrazada a él. Su rostro seguía inclinado hacia arriba, ofreciéndosele. Julian no podía pensar cuando ella lo miraba de aquel modo, como si lo adorara.

—Tu aspecto no puede negar que te han estado besando, Molly...

Ella se lamió los labios. Las pupilas se le dilataron cuando centró la mirada en los labios de él. Julian casi no podía ni hablar. Su voz estaba ronca por la poderosa excitación que lo embargaba.

–¿Deberíamos salir para que mi hermano viera lo que te he estado haciendo? Seguramente creerá que te he estado toqueteando por todas partes…

–Jules, te ruego que no bromees.

–Me gustaría saber si me has besado por Garrett o porque me deseas, Molly…

Ella siguió mirándolo, embriagándolo con su mirada y el aroma que emanaba de su cuerpo.

–Todas las mujeres te desean, Julian. Todas. No me puedo creer lo que ha ocurrido. ¿Qué hemos hecho? Ha sido una locura, una estupidez.

–Shh –susurró él inmovilizándola de nuevo. La agarró por los hombros y le dio un beso en la cabeza mientras ella trataba de zafarse–. Si no eres capaz de hacer estupideces con tu mejor amigo, entonces no sé con quién diablos vas a poder hacerlas.

–No quería que ocurriera esto… ¡Todo es culpa tuya! Eres un seductor tan experimentado… por favor, no te vayas todavía. Solo quiero que me abraces, Jules. Hueles tan bien…

Un gruñido de deseo contenido se le escapó de la garganta.

–No te estaba seduciendo, Molly, pero no deberías haberme tentado a besarte –susurró. Entonces, incapaz de contenerse, deslizó las manos hacia arriba para aprisionarle los pechos mientras le mordisqueaba suavemente el lóbulo de la oreja–. Ahora, quiero besarte hasta que te muestres débil y sumisa entre mis brazos, hasta que me digas qué es lo que realmente quieres porque no creo que ni siquiera sepas lo que estás pidiendo.

–¡Bueno! ¿Habéis terminado los dos ahí dentro… o tenemos que llamar a los bomberos?

La masculina voz que interrumpió las deliciosas palabras de Julian hizo también que Molly regresara a la realidad. Se tensó entre los brazos de Julian y se estiró para si ver si Garrett, el hombre con el que quería casarse, estaba allí con Landon. Efectivamente así era, pero mientras la expresión de Landon era divertida, la de Garrett distaba mucho de serlo.

Las mejillas le ardían, pero, por suerte, Julian la colocó tras él para protegerla. Ella agradeció ese gesto y aprovechó el momento para colocarse el vestido y el cabello.

–Habremos terminado en cuanto vosotros dos nos dejéis en paz…

¿Cómo podía sonar Julian tan tranquilo? Ella se sentía presa del pánico y apenas podía respirar.

¿En qué había estado pensando? Evidentemente, se había sentido sobrepasada por la misteriosa, embriagadora y compleja personalidad de Julian, por su maravilloso aroma, por el deseo que su boca despertaba en ella, por los besos que tanto le recordaban al que había compartido con Garrett la noche del baile de máscaras. Cada vez que besaba a Julian, sentía algo en el pecho, lo que no era nada bueno.

–Perdonad, pero nos ha enviado mamá –oyó que decía Landon–. Te aseguro que no era algo que yo me muriera de ganas de hacer.

–Me sorprende que no haya enviado a todos los invitados de la fiesta a buscarnos –gruñó Julian. Entonces, con uno de sus poderosos brazos, volvió a cerrar la puerta. Inmediatamente, se volvió a mirarla–. ¿Te encuentras bien?

–Sí –susurró ella.

–Se trataba de tener precisamente ese aspecto. Lo has conseguido.

Julian sonaba tranquilo, casi demasiado. Se metió las manos en los bolsillos del pantalón y se sacó el pasador de mariposa. Molly lo agarró y se lo colocó lo mejor que pudo, a pesar de lo mucho que le temblaban las manos.

–Tienes razón –dijo, evitando mirarle a los ojos–. Esto es perfecto. No podía serlo más. Eres un maestro, Jules. Un maestro del desastre –añadió. Le dio un ligero beso en la mejilla y trató de no parecer afectada por lo ocurrido–. Gracias.

A continuación, pasó por debajo del brazo de él y abrió la puerta para salir al exterior. Con decisión, pasó por delante de Landon y Garrett, que estaban esperando como centinelas. Les dedicó a ambos una sonrisa e incluso fingió estar orgullosa de lo que había pasado.

Sintió que Julian la observaba desde el despacho. Cuando se dispuso a doblar la esquina, decidió que lo único que quería hacer era encontrar un lugar tranquilo en el que poder dar rienda suelta a sus sentimientos.

Oyó pasos a sus espaldas y, de repente, Garrett apareció a su lado. Él le agarró el codo y la obligó a detenerse.

—Me gustaría hablar contigo en privado, Molly —dijo—. ¿Te parece bien mañana?

Sorprendida, miró a su amado a los ojos mientras se sentía abrumada por una avalancha de sentimientos. Él parecía preocupado. Sus ojos oscuros la atravesaban, por lo que ella se temía que él viera lo excitada y culpable que se sentía.

—Por supuesto —respondió con voz temblorosa—. Iré a tu despacho al mediodía, Garrett.

—Gracias —repuso él suavemente. Entonces, le dio un beso en la frente mientras que las manos le acariciaban las mejillas ligeramente.

Molly se sentía tan aturdida que ni siquiera pudo disfrutar de aquella caricia que tanto había fantaseado con volver a sentir.

Asombrada, cruzó el salón para dirigirse adonde estaban Kate y Beth. Sabía que debería estar contenta. Garrett quería hablar con ella en privado y, al menos, parecía preocupado. Tal vez incluso estaba ocultando sus celos con gran esfuerzo. Parecía que su plan estaba teniendo éxito. ¿Acaso no era eso precisamente lo que había soñado con conseguir?

No. No podía disfrutar de su victoria porque estaba demasiado turbada por lo que había hecho. ¿Por qué diablos se le había ocurrido tentar a Julian de esa manera? ¿Y si aquella estúpida charada terminaba con la única relación que había valorado por encima de todo a lo largo de su vida?

–¿Qué te ha pasado? –le preguntó Kate asustada al verla.

Molly decidió que no se iba a mostrar arrepentida. Fueran cuales fueran sus pecados, iba a asumirlos, aunque le fuera la vida en ello.

–Julian y yo hemos estado dándonos el lote en la oscuridad. Deberías probarlo alguna vez, Kate. Fue muy divertido antes de que esos dos idiotas nos interrumpieran.

Miró con desaprobación a Garrett y a Landon y luego vio que Julian entraba en el salón con las manos en los bolsillos. Tenía el cabello muy revuelto… La palabra «sexy» no bastaba para describirlo. Era delicioso, guapo… Resultaba evidente que lo habían estado besando. Se le veían manchas de brillo de labios sobre la piel del cuello, de la garganta, el torso y, por supuesto, en la boca.

–Julian, ¿qué te ha pasado? –le preguntó Beth cuando él se acercó.

Julian miró a Molly. Los labios de esta comenzaron a arder bajo la intimidad que sugería aquella mirada. Tenía fuego entre las piernas. Los senos, los mismos senos que él había estado acariciando entre sus enormes manos, vibraban al recordarlo. Simplemente, él le había metido el fuego en el cuerpo.

–Molls y yo nos hemos estado divirtiendo un poco en el despacho. ¿Estás bien, nena?

Mientras las dos mujeres se miraban, Julian observó atentamente el rostro de Molly. ¿Le preocupaba a él también que hubieran ido demasiado lejos?

Molly sonrió para tranquilizarlo y suavizar la incomodidad que flotaba entre ellos. Cuando él le devolvió la sonrisa, ella respiró aliviada.

Julian se relajó también visiblemente y la rodeó con un brazo. Mientras se acurrucaba contra su costado, Molly supo que, pasara lo que pasara, todo iba seguir estando bien entre ellos.

—Sabes que te quiero mucho, ¿verdad? —le susurró antes de darle un beso en la mejilla.

No era la primera vez que se lo decía, pero, en aquella ocasión, Julian la miró a los ojos y sintió que la sonrisa se le borraba del rostro. Entonces, le dio un largo beso en la sien y, al oído, para que nadie pudiera escucharlo, le dijo:

—Yo también.

Capítulo Seis

Mientras subía en el ascensor del *San Antonio Daily* al día siguiente, Molly iba pensando que, por fin, Garrett parecía estar dispuesto a hacer algo respecto a la situación de Molly con Julian.

Molly no sabía cómo iba a reaccionar. Se había puesto los pendientes más grandes que tenía y las pulseras más aparatosas. No sabía por qué, pero las joyas grandes le daban seguridad en sí misma en circunstancias adversas o cuando se sentía nerviosa.

Faltaba un minuto para la una.

–¡Molly! –exclamó la asistente personal de Julian al verla–. No sabía que ibas a venir. Ha salido a almorzar…

–En realidad, hoy he venido a ver a Garrett, señora Watts –replicó ella con una sonrisa.

La secretaria llamó ceremoniosamente a la puerta y dijo:

–La señorita Devaney ha venido a verlo, señor Gage.

Garrett, con su más de un metro ochenta de estatura, cabello oscuro y anchos hombros, estaba junto a la ventana. Su presencia resultaba muy intimidante. Molly sintió que le temblaban las rodillas al acercarse a él. Cuando Garrett se volvió a mirarla, la expresión de su rostro no revelaba nada en absoluto. Le dedicó una sonrisa muy poco afectuosa.

–Molly, no creo que tenga que decirte la razón por la que estás aquí ni por la que Kate… –dijo, señalando a su hermana, a la que Molly acababa de ver sentada junto al escritorio de Garrett– y yo queremos hablar contigo hoy.

Molly tomó asiento junto a Kate. Garrett parecía muy distante, completamente diferente al apasionado amante de aquella velada mágica. Por supuesto, era capaz de ejercer un férreo control sobre sí mismo, por lo que no podía estar segura. Desde luego, aquella noche la había sorprendido. Molly lo miró a los ojos, pero no detectó una pasión especial en ellos.

¿Se habría equivocado con él? ¿Acaso había estado tan borracho que cualquier mujer le habría valido? ¿Cómo podía mostrarse tan indiferente?

–¿Puedes explicarnos lo que está pasando entre Julian y tú? –le preguntó Garrett.

Sin poder creer el tono tan frío que él había empleado, Molly se cruzó de brazos y se reclinó sobre la butaca para cruzarse de piernas.

Garrett no parecía estar celoso en absoluto. Aparentemente, él solo parecía tener debilidad por ella cuando se ponía el disfraz de tabernera y cuando estaba borracho como una cuba.

Qué tonta había sido.

–¿De verdad vais a fingir los dos que no lo sabéis o acaso queréis que os lo diga yo? –le preguntó Molly. Se sentía muy molesta por todo aquello.

Cuando ni Garrett ni Kate respondieron la irritación de Molly se multiplicó por diez.

–Estamos juntos, Garrett –respondió Molly en tono desafiante y orgulloso–. Me he ido a vivir con él. Soy su amante, y jamás he sido tan feliz.

–¿Sabes que esto era precisamente lo que temíamos que pasaría desde hacía muchos años? –le preguntó Garrett con voz suave y ojos amables–. Temíamos que Julian y tú os lanzarais de cabeza a una relación de la que uno no saldría bien parado.

Molly se preguntó desolada por qué Garrett actuaba como si ella no fuera nada para él. Se comportaba con ella como lo haría un hermano.

–¿Por qué pensabais eso de Julian y de mí?

Garrett la miró muy sorprendido. Fue Kate la que se animó a darle una explicación.

–Porque cuando erais unos adolescentes, los dos estabais enamorados el uno del otro. Tú llorabas cuando yo te decía que él era como un hermano para ti. Llorabas durante días y cuando yo te preguntaba por qué, me decías que era por lo que yo te había dicho, porque no podrías casarte con él.

–Bueno, entonces debía de tener diez años, Kate –protestó Molly con un gesto de desesperación.

–Tú nunca lloras, Molly. Nunca. Las únicas veces que te he visto llorar ha sido por Jules.

–¡Porque lo hacían marcharse y eso me dolía!

–Ahí está –le dijo Garrett.

Molly conocía la historia de memoria. Se la había contado Eleanor, y más tarde Landon, Kate, Garrett e incluso el propio Julian.

El día en el que las hermanas Devaney fueron a vivir a la mansión de los Gage, Molly tan solo tenía tres años. Junto con Kate, se le presentó a todos los miembros de la familia, pero casi no prestó atención porque tenía un chupachups en la boca y no hacía más que chuparlo. Avergonzada por aquel hecho, Kate trató de convencerla para que se lo diera, pero no lo consiguió. Cuando por fin consiguió centrarse en las presentaciones, la atención de Molly estaba prendida del muchacho rubio de ojos verdes que la miraba con diversión. Se acercó a él, se sacó el chupachups de la boca y se lo ofreció con una descarada sonrisa.

Por aquel entonces, Julian tenía seis años. A pesar de que su madre le indicó que no aceptara el chupachups, él lo tomó y se lo metió en la boca. Con ese sencillo gesto, se hicieron amigos en el acto.

La voz de Kate la sacó de sus pensamientos.

—Molly, necesito que me asegures que sabes lo que estás haciendo. Las relaciones de Julian no duran. De hecho, ni siquiera ha tenido una relación en toda su vida. Tan solo aventuras de una noche y romances de fin semana.

—Yo no soy un romance de fin de semana, Kate —se defendió ella—. ¿Qué os hace pensar que Jules sería capaz de hacerme daño? ¡Sé que sería capaz de darme un riñón si yo lo necesitara! De hecho, es tan bueno conmigo que estoy segura de que me daría incluso los dos.

—Te has enamorado de él, ¿verdad?

A Molly le dolía no poderle decir la verdad a su hermana para que no se preocupara tanto.

–Julian jamás me haría daño –dijo mientras se ponía de pie–. Te prometo que si me ves llorando por él, te daré permiso para que me des una bofetada.

–En realidad, yo preferiría dársela a él –repuso Garrett secamente.

Molly se volvió para mirarlo. Era un hombre guapo, y siempre había supuesto una gran influencia en su vida. Siempre se había sentido responsable por la muerte del padre de Kate y Molly y, aunque ellas jamás le habían culpado por lo ocurrido, parecía que Garrett jamás podría perdonarse a sí mismo. Siempre había querido protegerlas. Sin embargo, ¿proteger a Molly de Julian? Este había sido una influencia crucial en la vida de Molly. Había sido su héroe antes de que ella comprendiera el significado de la palabra.

Garrett era un buen hombre. Molly sabía que sería un esposo fiel y entregado si se diera la oportunidad de encontrar pareja.

Molly empezó a temerse que el hombre que la besó aquella noche no había sido más que una ilusión.

–¿Qué problema es el que tenéis con Julian? –les preguntó Molly–. Los dos siempre le estáis recriminando algo. Si yo fuera él, no os volvería a hablar nunca más.

Se dirigió hacia la puerta, pero la voz de Garrett la hizo detenerse.

–Julian es mi hermano y lo quiero. Simplemente, nos sentimos responsables de protegerte.

Molly agarró el pomo y lo hizo girar.

–Si necesitara que alguien me protegiera de algo, os lo diría, pero os aseguro que la última persona de la que necesitaría que me protegierais es Julian –afirmó mientras abría con fuerza la puerta–. Si amas tanto a tu hermano, te sugiero que trates de hacer que funcionen las cosas por aquí antes de que se marche del *Daily* para siempre. ¡Yo lo haría! ¿Quién puede trabajar en paz con críticas constantes? ¡Me alegro que vaya a hacerlo!

–¿Cómo has dicho?

–¡Ya me has oído! –exclamó. Con eso, salió del despacho hecha una furia.

–¡Molly! –gritó Garrett. Salió del despacho para impedir que se marchara–. ¿Adónde se va mi hermano? ¿Va a dejar el periódico?

Molly se odió por haber dicho todo aquello y bajó la cabeza.

–Creo que me has interpretado mal...

–No. No es así. Sé que no es feliz aquí. Llevaba un tiempo sospechándolo, pero si no me dices cuándo va a marcharse o adónde, contéstame al menos a una cosa. ¿Lo amas?

Molly miró fijamente al hombre del que había creído estar enamorada y se preguntó por qué no podía articular palabra.

Por supuesto, la respuesta era afirmativa. Afirmativa mil veces.

Quería a Julian de muchas maneras, de tantas

que ni siquiera había empezado a descubrirlas todas. Se temía que quererlo como amigo era tan solo una de ellas.

Julian se detuvo tan solo a unos metros de su despacho al ver que Garrett y el amor de su vida estaban juntos. Vio cómo se despedían. Vio cómo su hermano le acariciaba la espalda. Vio que ella sollozaba un poco y que ocultaba el rostro contra la chaqueta de él. Vio que él le rodeaba los hombros con el brazo.

Sintió que le hervía la sangre en las venas. De repente, la ira le recorrió el cuerpo y le nubló la vista. Aquello era lo que Molly había deseado desde el principio. Había practicado con él la noche anterior para poder llegar allí, conseguir que Garrett se sintiera celoso y la viera por fin como la encantadora mujer que era.

Se sorprendió de que a pesar del estado en el que se encontraba pudiera hablar tan calmadamente cuando se acercó a ellos.

–Siento romper vuestro *tête-a-tête*, pero si no le quitas a Molly las manos de encima, voy a darte tal paliza que ni siquiera te reconocerá nuestra madre.

Garrett soltó inmediatamente a Molly.

–¿Qué demonios es lo que te pasa, Jules?

Jules apretó los dientes cuando Molly se dio la vuelta y lo miró muy sorprendida. Sin hacer caso a Garrett, Julian extendió la mano y observó atentamente los enrojecidos ojos de Molly. Había estado llorando o a punto de hacerlo. Maldita sea. ¿Por qué? Frunció los labios por la ira hacia ella, hacia sí mismo, hacia el lío en el que se había metido.

Había querido que las cosas se desarrollaran con naturalidad. No había querido recurrir a las técnicas que había utilizado con otras mujeres porque aquella era la única que lo conocía, que lo respetaba y que lo admiraba. Quería que todo fuera real con ella. Sin tonterías. Desgraciadamente, no estaba ocurriendo así.

–¿Qué día es hoy, Molly?

–¿Cómo dices?

–¿Qué día es hoy?

Ella le dijo la fecha y él asintió. Entonces, se inclinó para susurrarle al oído algo que nadie pudo escuchar.

–Exactamente. Sigues siendo mi chica, ¿no? Dijimos un mes.

Ella parpadeó y miró a Garrett. El pecho de Julian se tensó de ira. Garrett, su hermano. Al que, de repente, odiaba profundamente.

Molly asintió por fin.

–Por supuesto –murmuró–. Llévame a casa. Gracias por la charla –añadió refiriéndose a Garrett–. Piensa en lo que te dije antes de salir…

Garrett asintió antes de que Julian llevara a Molly del brazo hasta el escritorio de su asistente personal. Le dio una docena de órdenes y luego condujo a Molly a los ascensores.

Ninguno de los dos articuló palabra durante el trayecto a casa.

–Ahora, dime –dijo él por fin en cuanto entraron en el apartamento. Sus sentimientos habían fermentado durante el trayecto a casa y estaba a punto de explotar–. Dime lo que te ha hecho para hacerte llorar de ese modo.

Molly lo miró fijamente. Tenía un aspecto vulnerable. Cuando habló, el tono era de asombro.

–¿Qué te pasa hoy?

–¡No te merece, Molly! Conozco a un tipo que está tan loco por ti que haría cualquier cosa para estar contigo. Cualquier cosa. Mentiría por ti, engañaría por ti, robaría por ti…

–¿Estás bien de la cabeza? ¿De quién estás hablando? ¿Quién haría algo así?

–Adivínalo, Molls.

–¡No tengo ni idea de quién estás hablando!

–Yo podría matarle por haberte hecho llorar así –dijo Julian. Se sentó en el sofá del salón y se quitó los zapatos–. Esta obsesión que tienes con mi hermano me fastidia profundamente, Molly.

Molly se cruzó de brazos y lo miró con desaprobación. Tal vez estaba enfadado, pero no tenía ni idea de lo que le ocurría a ella. Había estado llorando porque se había dado cuenta de que lo ocurrido el día del baile de máscaras había sido una estúpida ilusión. El hombre del que había creído estar enamorada… simplemente no era el Garrett que ella conocía. Como el resto de los hombres que había conocido a lo largo de su vida, terminaría palideciendo frente a Julian de todas las maneras posibles.

¿Cómo podía admitir frente a aquel hombre,

cuyo respeto ansiaba por encima del de los demás, que podría haberlo estropeado todo y que, en realidad, no estaba enamorada de Garrett? Que el hombre que ella quería era inalcanzable. Y que Garrett y su hermana habían estado advirtiéndole que se apartara de él porque Julian podría hacerle daño.

Se mordió el labio inferior y guardó silencio. Se preparó para airear sus frustraciones con la única persona con las que podía airearlas: Julian.

—Dime qué es lo que ves en él que lo hace tan irresistible. Dime por qué has ido a llorarle en el hombro y no has acudido a mí.

Era tan guapo y estaba más enfadado de lo que nunca lo había visto antes. Incluso hubiera podido pensar que estaba celoso. Ese pensamiento le despertó un oscuro deseo que había estado experimentando cada vez más frecuentemente en los últimos días. Un poderoso anhelo que la llevaba a desear que él la abrazara y…

Ansiaba cercanía. Casi temblaba con la necesidad. Quería oler su aroma y sentir sus manos por todo el cuerpo, disfrutar al notar cómo la abrazaba. Era como si una mera amistad ya no le bastara con él. Como si revelarle todos los detalles íntimos de su vida, sus temores, sus deseos, ya no fuera suficiente.

—¿Piensas responderme, Molly?

—No lo sé, Jules, ¿de acuerdo? Tal vez no me gustó que él se mostrara tan protector hacia nosotros, la manera en la que decidió que debía vigilarnos a ti y a mí. Nunca nos dejaba divertirnos, como si estuviéramos haciendo algo malo. Tal vez a ti te gustaran todas las mujeres, pero él no se dio cuenta nunca de que nosotros éramos simplemente amigos. Sin embargo, no creo que lo hiciera deliberadamente o por maldad. Tal vez simplemente estaba tratando de hacer lo correcto conmigo por respeto hacia mi padre, que era quien lo protegía a él.

–Garrett te apartó de mí porque sabía que… Sabía que yo…

El rostro de Julian se oscureció. Sin saber por qué, los pezones de Molly se pusieron erectos de deseo al ver cómo él se apretaba las manos.

Julian se puso de pie y comenzó a mesarse el cabello con las manos.

–¿Y Kate y él? Molls, ¿no has visto el modo en el que tu hermana lo mira? Las dos estáis enamoradas del mismo hombre.

Molly lo miró estupefacta.

–Eso es mentira. Tú… no puedes saber que… Kate no siente nada por él.

–Kate es como una hermana para mí. Reconozco el deseo cuando lo veo, Molls.

Horrorizada, Molly se echó a temblar al pensar que su hermana podría estar enamorada de Garrett en silencio. ¿Desde hacía cuánto tiempo? Imposible.

–Jules, no lo comprendes, Garrett y yo hemos hecho cosas. Nos besamos una noche y fue… mágico.

–¿Que te besó, dices? –le preguntó Julian mirándola boquiabierto.

Molly asintió con gesto avergonzado.

–Nunca antes, a excepción de contigo, había experimentado un vínculo tan fuerte con una persona. Lo que sentí aquella noche pareció tan real, que fue como si nos reconociéramos el uno al otro, como si fuéramos compañeros del alma…

–Me estás engañando, Molls… Dime que me estás engañando…

–No lo sé… –susurró ella–. De hecho, ya ni siquiera estoy segura de que fuera real –admitió mientras se sentaba en el sofá y se cubría el rostro con las manos–. Todo ocurrió en aquel odioso baile de máscaras, cuando yo iba vestida con ese estúpido disfraz de tabernera que tú me desafiaste a que me pusiera. Él iba vestido completamente de negro. Yo estaba en la terraza y pensé que eras tú. Entonces, él me besó e hicimos algunas cosas muy íntimas. Me fijé en que llevaba el anillo cuando me abrazaba. Supe que tenía que ser él.

El silencio que se produjo a continuación se extendió durante tanto tiempo que ella levantó el rostro y contempló alarmada el de Julian.

De repente, él abandonó el salón como un poseso. Regresó menos de un minuto más tarde. Entonces, le mostró algo que llevaba en la mano.

Tenía el rostro completamente lívido.

–¿Te refieres a este anillo, Molly?

Capítulo Siete

Mientras Molly observaba el anillo que él le mostraba, experimentó una horrible sensación en el estómago. Parpadeó varias veces y se quedó boquiabierta.

–¿Qué… qué estás tú haciendo con eso?

Garrett se lo ponía todos los días. El aro de platino estaba arañado y ligeramente abollado por los años, dado que el anillo llevaba en la familia muchas generaciones. En el centro, lucía un diamante azul muy raro que se suponía que valía millones de dólares.

–Es mío. Se lo gané a mi hermano hace más de un mes. Cuando estaba verdaderamente borracho me aposté que valía más que mi pelota de béisbol con el autógrafo de Mark MacGwire. Se quedó a varios cientos de miles de dólares y perdió la apuesta. Me lo pongo para fastidiarle cuando sé que me va a ver.

Molly palideció al escuchar aquellas palabras. Si no se equivocaba, parecía que Julian estaba básicamente admitiendo que llevaba puesto el anillo la noche del baile de máscaras. La noche en la que un desconocido la besó apasionadamente.

La conclusión a la que acababa de llegar la aterrorizaba ¿Había sido Julian el que llevaba puesto el anillo? ¿Había sido él quien le había susurrado aquellas palabras tan sensuales mientras la tocaba tan provocativamente?

Julian. Su héroe. Su protector. Su mejor amigo. Su amor de juventud. Su amor eterno.

¿Había sido Julian el que la besaba y le provocaba un orgasmo mientras la acariciaba? ¡Cómo debía de haberse reído de ella! ¡De su ingenuidad, de su estupidez, de su…!

—No me puedo creer que no supieras que fui yo el que te besó aquella noche —susurró él.

—No lo comprendo…

Julian se acercó a ella y le agarró por el brazo.

—Creo que yo sí. Tú pensabas que yo era Garrett aquella noche cuando te besé. Me dejaste que te pusiera la mano entre las piernas, que te tocara, que te…

—¡Basta ya, Julian! ¡Basta ya!

Molly se apartó de él. Casi no le podía mirar a los ojos, que solo servían para recordarle que él, que lo era todo para ella, había sido quien había estado con ella la noche de la fiesta de máscaras.

Julian la besó y puso su vida patas arriba con sus caricias. Le hizo alcanzar el clímax entre sus brazos y luego se comportó como si no hubiera significado nada. Absolutamente nada para ella.

Él era su mejor amigo y, sin embargo, se lo había ocultado todo. Le había hecho sentirse deseada, pero no le había importado ponerse a ayudarla a que sedujera a su propio hermano.

–¡Cómo te atreves! –le espetó ella–. ¿Cómo te atreves a hacerme eso y luego no decirme nada?

Julian levantó los brazos en el aire con un gesto de exasperación.

–¿Y qué querías que dijera? ¿Que era un error? ¿Que me dejé llevar por tus hermosos ojos azules y por lo guapa que estabas con aquel vestido? Me dijiste que no lo mencionara y, como estaba borracho y me di cuenta de que, evidentemente, la había fastidiado, pensé que tu sugerencia era lo mejor. Al día siguiente, fingiste que no había ocurrido nada y decidí que era lo más adecuado. Al menos, así tuve tiempo de enmendarlo.

–¿Enmendar qué, idiota? ¡Acabas de mandar al garete nuestra amistad! –le espetó ella. Apartó a Julian y se marchó a su dormitorio–. ¡Voy a hacer mis maletas para marcharme… imbécil! ¿Cómo pudiste acceder siquiera a ayudarme a seducir a Garrett después de tocarme como lo hiciste…? ¡Ni siquiera se me ocurre una manera de definir lo que eres!

Entonces, cerró dando un portazo.

Tratando desesperadamente de respirar, Molly se apoyó contra la puerta y miró hacia la cama con los ojos llenos de lágrimas. Entonces, miró el vestidor, tentada de marcharse en aquel mismo instante. Lo haría. Claro que lo haría. Sin embargo, necesitaba que Julian la llevara en su coche o que Kate fuera a buscarla, y se moriría antes de pedirles algo así a cualquiera de los dos en aquellos momentos.

Sintió un peso enorme en el pecho al pensar en el mural que le esperaba en el ático. Jamás había dejado un trabajo sin terminar y no iba a empezar en aquel momento. Decidió que lo terminaría aquella misma noche o, al menos, lo intentaría. Entonces, se marcharía al día siguiente.

No se lo podía creer… Julian lo había sabido desde el principio. El canalla la había besado, la había acariciado y había averiguado lo fácil que era hacerle alcanzar el orgasmo.

Aquel hermoso beso parecía de repente una burla. Su mejor amigo, su vida entera.

Sintió que las náuseas se apoderaban de ella y se sentó temblorosamente al borde de la cama. Agarró la almohada y se la colocó contra el pecho para tranquilizarse, pero ni siquiera parecía capaz de respirar. Se sentía tan vacía, tan estúpida, tan utilizada. Nada le había dolido nunca de aquella manera.

Recordó de nuevo la boca de Julian, firme y urgente, los sensuales sonidos que emitía mientras le besaba los pechos, como si acabara de entrar en el cielo, sus arrebatadoras caricias…

Los ojos le escocían por el deseo de llorar. ¿Cómo no se lo había imaginado?

Al principio, se había sentido completamente segura de que era él, pero luego…

Cuando tenía trece años, se prometió que no volvería a derramar más lágrimas por Julian John. Él significaba mucho para ella, era demasiado especial para ella. Se prometió que se libraría de la atracción que sentía por él porque todo el mundo le decía que él le haría daño y, sin duda, no todos podían estar equivocados.

No servía de nada haberse encontrado por fin cara a cara con la verdad.

El hombre por el que había creído morir si no volvía a besarlo…

El hombre que sabía instintivamente que era su media naranja…

El único hombre del mundo que era capaz de romperle el corazón en pequeños trocitos que ella jamás podría volver a recomponer.

Y, al final, hasta su amistad. La única relación estable y valiosa de su vida había quedado hecha pedazos.

Julian necesitaba darle un puñetazo a algo.

Estuvo horas caminando por su habitación. Los celos lo corroían. Recordó los gemidos de Molly, el modo en el que le respondió aquella noche… Desgraciadamente, ella había estado convencida de que se trataba de Garrett.

El que la había abrazado cuando lloraba aquel mismo día. El dueño de todos sus deseos. El hombre al que deseaba asesinar en aquellos momentos.

Apretó los dientes al pensarlo y lamentó no habérselo dicho el día de después del baile de máscaras. Molly había pasado semanas pensando en su hermano cuando quien la besó había sido él. Si hubiera hecho bien las cosas, podría haberla tenido entre sus brazos desde el principio sin tener necesidad de mentir.

¿Acaso no se había dado cuenta de que había estado completamente loco por ella hacía veinte años?

Había creído que podía olvidarla, pero, evidentemente, no había funcionado. La había besado cuando estaba borracho y no le había dicho nada después. Estaban los dos iguales. A él tampoco le había gustado darse cuenta de que, desde el principio, ella había creído que se trataba de Garrett.

Se dejó caer sobre la cama lleno de ira, agonía y desolación. No podía soportar la impotencia que sentía. Se puso los pantalones del pijama y retiró la colcha. Sin embargo, lo único que hizo fue dar vueltas en la cama.

Lo había estropeado todo.

Molly era su talón de Aquiles, pero también su mayor fuerza. Si él se había convertido en alguien y había hecho algo había sido por la increíble pelirroja que había en su vida y por su desesperación por mostrarle a su familia que merecía a Molly.

Se levantó de la cama y atravesó el dormitorio para salir al pasillo. Vio que la luz de la luna entraba a raudales por los ventanales del salón. Vio que la puerta del dormitorio de Molly estaba entreabierta. Llamó suavemente, esperó un segundo y luego empujó la puerta para abrirla un poco más.

La cama de Molly estaba vacía. Ella no había dormido allí.

Julian frunció el ceño y recorrió el apartamento entero. Al no encontrarla, se dirigió al ascensor para subir al ático. Cuando las puertas del ascensor se abrieron la vio allí.

Estaba tumbada en el suelo, vestida tan solo con una enorme camisa abotonada. El cabello se le extendía como un abanico en torno a la cabeza. Estaba profundamente dormida, con la mejilla izquierda apoyada en las manos. Julian bebió de aquella imagen mientras se acercaba a ella, adorando la figura de aquella mujer a la que había amado desde que se conocieron.

Se arrodilló a su lado sin poder apartar la mirada de aquel rostro iluminado por la luz de la luna. Era tan hermosa que los ojos le dolían.

Vio que había tubos de pintura vacíos esparcidos por el suelo, lo que le llevó a admirar la pared que se levantaba frente a él. Se sintió muy mal al darse cuenta de que ella había estado tratando de terminar el mural para poder marcharse.

J. J. G. Enterprises estaba prácticamente a punto de empezar su andadura. Solo quedaban días para la inauguración oficial y, justo entonces, cuando su proyecto estaba a punto de echar a andar, Molly quería marcharse. Él estaba a punto de cumplir uno de sus sueños y estaba listo para poder centrarse en el siguiente: la posibilidad de compartir el resto de su vida con ella para siempre.

Con un nudo de emoción en la garganta, le acarició suavemente la mejilla a Molly. Ella suspiró tranquila y se relajó en sueños. Julian dejó a un lado sus dudas y la tomó en brazos para llevarla de vuelta al ascensor. Era tan ligera como una pluma. El corazón se le hinchió de felicidad cuando ella buscó su calor y se acurrucó un poco más contra él. Sin embargo, cuando la campanilla del ascensor anunció que habían llegado a la planta de abajo, ella se despertó.

Los dos se miraron a los ojos. En vez de patalear y gritar para pedir que la soltara, Molly se abrazó más a él y se acurrucó contra su cuello. Empezó a sollozar muy suavemente.

–Molly, Molly, lo siento… No llores. Siento lo que te dije… susurró él lleno de ansiedad.

–No, Jules. Yo también lo siento. Yo… reaccioné de manera exagerada. Soy una estúpida. Debería reconocerte en cualquier parte. Debería haberme imaginado que eras tú…

Julian no pensó en lo que estaba haciendo. Se limitó a seguir su instinto y la llevó a su dormitorio. Se sentó en el borde de la cama y abrazó el tembloroso cuerpo de Molly contra su corazón.

–Lo siento, Molly. Debería habértelo dicho y, al menos, haberme disculpado –musitó mientras le acariciaba suavemente la espalda.

–No, no… Fui yo. ¿Cómo no pude darme cuenta? –susurró con los ojos azules llenos de emoción–. Al principio, pensaba que eras tú, pero luego noté el anillo y… ¿Por qué lo llevabas tú? ¿Por qué no me lo dijiste?

–Nena, pensé que aquella noche sabías que era yo. Iba a marcharme, Molly, pero tú me llamaste para que regresara a la terraza y no pude contenerme. ¿Por qué pensaste que era Garrett, Molly? ¿Es que no te das cuenta de cómo te miro? ¿Crees que ayudaría a otro hombre, a quien fuera, a acercarse a ti, cuando llevo esperando toda la vida la oportunidad de poder reclamarte como mía?

Ella lo miraba con los ojos abiertos de par en par al escuchar aquellas palabras, como si acabara de darse cuenta de lo mucho que la deseaba. Las manos le temblaban mientras le agarró la cabeza y comenzó a besarlo suavemente.

–Te amo. Me moriría si te perdiera, Jules. Preferiría perder los brazos y no poder volver a pintar antes que perderte.

Apretó los labios ligeramente contra los de él. Aquel contacto le provocó una oleada de sensaciones en el cuerpo a Julian. Se tensó debajo de ella y sintió que los latidos del corazón se le aceleraban, bombeándole la sangre con fuerza. El deseo se apoderó de él.

Cuando ella lo miró, Julian vio el deseo que descaradamente se reflejaba en aquellos ojos azules.

Le estaba costando articular palabra. Los brazos le temblaban cuando enmarcó el hermoso rostro de Molly entre las manos.

–¿Me deseas? –le preguntó por fin.

Los labios le ardían por el dulce beso que ella le había dado, haciendo que deseara aún más asaltar sus labios. Necesitaba hacerla suya. Solo suya. No podría soportar otra noche más sin ella.

La miró a los ojos, completamente embriagado por su cercanía. Tan solo pudo murmurar:

–¿Me deseas, Molly? ¿Quieres estar conmigo?

Le acarició suavemente el trasero, acercándola aún más contra su cuerpo. Ella asintió.

Julian le agarró el cabello y la inmovilizó.

–Tengo que besarte, tocarte y hacerte el amor –susurró, antes de encajar sus labios perfectamente con los de ella.

La lengua se deslizó rápidamente al interior, hacia la calidez de la boca abierta. El placer de aquella unión fue tan intenso que una oleada de sensaciones le sacudió por completo el cuerpo.

Ella era la mejor de las golosinas, los mejores recuerdos de su juventud… Era Molly, su encantadora y efervescente Molly.

Llevaba amándola casi tanto tiempo como llevaba con vida. La guio para que ella se colocara a horcajadas encima de él. Era tan etérea como un pluma, pero ardiente como el fuego. Se movía con inquieta excitación, acariciando a Julian los desnudos músculos del torso y devorándolo con los labios.

–Jules –murmuró ella–. Jules, siento lo que te he dicho…

–Shh, yo también lo siento. Perdonémonos el uno al otro. Eres mía, Molly, y ardo en deseos de estar dentro de ti…

Julian enredó la lengua con la de ella, acunando suavemente el cuerpo de Molly. Sintió un agónico placer recorriéndole todo el cuerpo mientras ella se apretaba contra su erección. La situación pasó en un abrir y cerrar de ojos de ser relajada a urgente.

Julian trató de ayudarle a desabrocharse la camisa cuando vio que ella empezaba a hacerlo, pero prefirió comenzar a acariciarle el rostro y el labio inferior con uno de los pulgares, enmarcando entre sus fuertes manos la delicada mandíbula de Molly. Jamás había visto tanto deseo en los ojos de una mujer. Sus labios eran tan sugerentes, tan gruesos y tan húmedos… Estaban henchidos por sus besos.

El deseo le fluía por las venas, de tal manera que la colocó suavemente sobre la cama y se quitó los pantalones. Comenzó a lamerle las pantorrillas, las rodillas… le resultaba imposible saciarse y se moría de ganas por verla completamente desnuda.

Quería separarle los esbeltos muslos y saborear su feminidad. Quería hacerla gemir de placer mientras le ofrecía los mayores placeres del mundo. Jamás había deseado a una mujer de aquel modo. La adoraba, la reverenciaba…

Molly estaba igual de desesperada. Le resultaba imposible desabrochar los últimos botones de la camisa.

—No puedo quitármela… Ayúdame, por favor, Jules.

—¿Es mía? ¿Es una camiseta vieja mía?

Ella asintió. Julian rápidamente la agarró entre las manos y la desgarró. Los botones salieron volando por todas partes. La sangre le rugió con fuerza cuando por fin logró separar las dos partes de la tela para dejar al descubierto una cremosa piel que sabía que jamás se cansaría de devorar.

—¿Es esto lo que quieres, Molly?

Había bajado la cabeza para aplicar la boca sobre uno de los pezones, que se erguían en el aire buscando sus labios. Los lamió ávidamente mientras la ponía de costado para poder tumbarse al lado de ella y acariciarle a placer el trasero. Molly se arqueó contra él al sentir que él volvía a aplicarle la avariciosa lengua sobre el pezón.

—Sí, por favor…

Julian lanzó un gruñido. Él nunca le negaría nada. Nunca. Quería que ella estuviera segura de que lo deseaba a él y solo a él, como hombre y como amante. Resultaba tan agradable tenerla allí, tan apasionada y desenfrenada entre sus brazos, en su cama, donde él se había pasado muchas noches de insomnio imaginándosela.

No podía parar. Por primera vez en su vida, iba a hacer el amor de verdad a una mujer.

Con el corazón latiéndole con fuerza, la volvió a colocar de espaldas mientras la acariciaba a placer, apretándole con fuerza los muslos mientras la besaba lánguida y profundamente.

—Te deseo. Te necesito. Eres perfecta. Estar contigo es como regresar al lugar en el que debo estar.

Ella tenía la respiración acelerada, nerviosa.

—Sigo siendo virgen, Jules…

—Mi dulce niña… No tienes ni idea de lo que supone para mí enterarme de ese detalle.

Se sentía honrado, emocionado por ser el primero. Las manos le temblaban cuando le despojó de la camisa.

—Tendré mucho cuidado, pero tienes que decirme si te estoy haciendo… Oh, Molly… Eres maravillosa.

Julian sintió que la vista se le nublaba al verla

completamente desnuda. Las esbeltas piernas, las estrechas caderas, el pequeño triángulo de rizos pelirrojos entre las piernas y los dos senos perfectos con sus rosados y erectos pezones, que suplicaban ser lamidos, besados y amados hasta el nuevo día.

Molly guio una de las manos de Julian hasta uno de ellos, sin dejar de mirarlo con inocente seducción. El cuerpo de Julian temblaba de anticipación.

—¿Quieres que te vuelva a besar ahí? —le preguntó él mientras le cubría ambos pechos con las manos y los apretaba suavemente. Molly tembló de placer cuando él comenzó a torturarle los rosados pezones con los pulgares.

Inclinó la cabeza y tomó uno de los pezones entre los labios. Al principio, lo acarició suavemente con la lengua, para luego succionarlo profundamente entre los labios. Al mismo tiempo, comenzó a acariciarle el vientre. Molly movía las caderas sugerentemente cuando los dedos por fin se centraron en la cálida humedad que tenía entre las piernas.

—Estás tan húmeda… —susurró él mientras observaba cómo la expresión de Molly cambiaba cuando le introducía suavemente un dedo—. Y estás tan apretada que me voy a correr antes siquiera de empezar.

Molly se arqueó suavemente sobre la cama y le presionó el pecho contra la boca. Julian lo chupó con avidez e introdujo un segundo dedo.

El suave gemido de Molly retumbó en el aire. Ella movió suavemente las caderas contra la mano de Julian, como si estuviera suplicándole silenciosamente. Entonces, él se retiró, jadeando, y la miró a los ojos, que parecían estar sumidos en un océano azul de excitación.

Sin poder contenerse más, Julian se deslizó por encima del cuerpo de Molly y le enterró la cabeza entre las piernas. Le dio un apasionado beso que le penetró hasta las más dulces y cálidas profundidades. Molly gimió y le tiró del cabello.

–Para, oh por favor, para o harás que…

Julian levantó la cabeza. El deseo le recorría el cuerpo. Jadeaba de placer, sintiendo que se estaba sumergiendo en el éxtasis máximo. Deseaba conseguir que aquella vez fuera memorable para ella, pero, al mismo tiempo, trataba de refrenar su cuerpo del momento de estar unido a ella después de desearla tanto tiempo.

–¿Qué? ¿Qué es lo que te haré? –le preguntó mientras subía por su cuerpo y colocaba su rostro a la altura del de ella–. ¿Ya quieres tener el orgasmo?

Molly asintió. Julian le atrapó el labio inferior entre los suyos y comenzó a succionar suavemente mientras volvía a tocarle entre las piernas.

–Pero eso es bueno…

Molly le agarró del cabello y volvió a besarlo por todo el rostro.

–Sí, pero no sola, Jules… siempre me he preguntado cómo… me muero por sentirlo…

Ella deslizó los dedos entre los cuerpos de ambos. Julian estuvo a punto de gritar al sentir que ella le tocaba y le rodeaba su miembro con la mano como si fuera su dueña.

–Te deseo… –susurró, aunque parecía muy sorprendida por lo que estaba tocando–. Deseo… esto –añadió acariciándole en toda su longitud.

El placer se apoderó de él. Contuvo una maldición cuando sintió que el cuerpo se le tensaba, buscando la liberación. Agarró las muñecas de Molly y se las colocó por encima de la cabeza. Entonces, bajó la suya para darle un beso apasionado y ardiente en los labios.

–Si vuelves a hacer eso, no conseguiremos llegar a la parte en la que yo te penetro.

Molly se revolvió debajo de él, moviendo los senos como si estuviera suplicando otro beso.

–Por favor… por favor…

Julian se sintió desatado por el deseo de Molly y encantado por la naturalidad con la que expresaba lo que deseaba. Estiró una mano hacia la mesilla de noche.

Se puso rápidamente un preservativo. Entonces, se dio cuenta de que ella lo estaba observando fascinada.

–¿De verdad me quieres dentro de ti…? –le preguntó mientras se le colocaba entre las piernas y la animaba a rodearle las caderas con los tobillos.

–Por favor, sí… Oh…

Molly contuvo la respiración cuando él la penetró firme y lentamente, empujando centímetro a centímetro mientras el cuerpo de ella se le oponía. El esfuerzo por contenerse para no hacerle daño hizo que todos los músculos del cuerpo le temblaran.

–Ahh… lo siento. Esto te va a doler…

Molly se había quedado completamente inmóvil debajo de él. Lo miraba con los ojos muy abiertos. Le colocó las manos en los hombros y se los agarró con fuerza.

–No te tenses ni te opongas –le aconsejó él. Esperó a que ella relajara la respiración antes de volver a seguir. Le acarició los pechos para ayudarla a relajarse mientras movía suavemente las caderas–. Entrégate a mí, Molly. Sé mía.

Acarició suavemente la delicada perla que había en la parte superior del sexo de Molly y sintió que ella le permitía avanzar un poco más, y otro poco más, hasta que por fin estuvo hundido en ella casi por completo. De repente, con fiera determinación, Molly levantó las caderas y los dos gritaron muy sorprendidos, él de placer y ella de repentino dolor. Entonces, los dos quedaron completamente inmóviles, completamente unidos.

Julian le besó los labios apasionadamente mientras permitía que el cuerpo de Molly se acomodara. Le costó mucho trabajo contenerse. El corazón le rugía en el pecho. Entonces, echó la cabeza atrás y se retiró un poco, gozando con la suave fricción.

–Es maravilloso… tú eres maravillosa –susurró mientras se inclinaba para besarla de nuevo.

Cuando volvió a penetrarla, ella gimió de placer y le agarró apasionadamente el trasero para animarlo a seguir.

–Ahora ya no me duele… ya no… no te contengas, Julian.

–Oh, Molly... no tienes ni idea de lo que me estás haciendo...

Movió suavemente las caderas contra las de ella, hundiéndose en ella profundamente. Todo era increíblemente erótico. El placer se apoderó de él, animándolo a continuar sus rítmicas embestidas, esperando que ella alcanzara el orgasmo entre sus brazos.

De repente, los dos se miraron a los ojos. Molly lanzó un profundo gemido mientras le clavaba las uñas en la piel y se arqueaba de placer. Ella observó cómo él la miraba. Fue una experiencia única. El placer había superado el dolor que había experimentado en un principio.

Los ojos de Julian eran un infierno de pasión. Parecían devorarla vida. Él no se cansaba de acariciarla. Bajó la cabeza y volvió a recorrerle cada centímetro de la piel con la lengua, haciendo que cada centímetro se sintiera vivo y febril.

Desde el interior de su ser, ella rezumaba amor por él. Lo deseaba por completo. Observó cómo él tensaba los músculos, flexionándolos con fuerza con cada uno de sus poderosos movimientos.

Cuando el ritmo se hizo errático, ella cerró los ojos y dejó que la pasión se apoderara de su ser. Se agarró con fuerza a Julian y oyó que él lanzaba un profundo gemido. Entonces, los dos llegaron al clímax al unísono, tensándose y temblando, para, segundos después, desmoronarse y relajarse, sin dejar de abrazarse. Por fin, habían sentido que eran uno solo.

No se saciaban el uno del otro.

Después de menos de dos horas de sueño, Molly se despertó para encontrar la rubia cabeza de Julian sobre su vientre, dirigiéndose sospechosamente hacia abajo mientras le acariciaba juguetonamente la entrepierna. Con suaves movimientos, consiguió que ella volviera a gemir suavemente.

Cuando Julian enterró el rostro en el lugar en el que habían estado sus dedos, Molly agarró con fuerza las sábanas, tirando de ellas con cada apasionado lengüetazo y experimentando sensaciones intensas por todo el cuerpo. Se arqueaba y se retorcía.

–Por favor, Jules.

Él le regaló un orgasmo con la lengua. Luego, se le colocó entre las piernas y cabalgó sobre ella hasta que Molly comenzó a gritar de éxtasis.

Menos de una hora más tarde, ella se rebulló en la cama y buscó el cálido cuerpo de Julian. Enganchó una pierna encima de las estrechas caderas y lo abrazó por la cintura. Entonces, notó la potente erección que se le apretaba contra el vientre. Lanzó un gruñido y, entre las sombras, le buscó los labios. Molly respondió uniendo la boca a la de él. Tumbados de costado sobre la cama, Julian la penetró lentamente, susurrándole dulces palabras al oído que la empujaron a un orgasmo devastador, que la dejó sin respiración y sonrojada por las cosas que él le había dicho.

Se ducharon juntos y luego volvieron a la cama. Entonces, a las cinco de la mañana, cuando los primeros rayos del sol comenzaban a filtrarse entre las cortinas, Molly se despertó de nuevo y se encontró enredada entre las fuertes extremidades de Julian. Ya no pudo volver a dormirse. La adrenalina y la excitación se apoderaron de ella y la empujaron a acariciarlo por todas partes, a besarlo…

–Jules, ¿estás dormido?

–Ya no…

Molly se incorporó y se acercó a él, esperando que hiciera algo.

–Sigo desnuda –ronroneó.

–Sé lo que me estás pidiendo, Molls… –susurró él mientras le acariciaba el brazo.

Antes de que ella pudiera reaccionar, la tumbó de espaldas con un rugido parecido al de un león que hizo que ella gritara de alegría y riera a carcajadas. Entonces, él comenzó a hacerle cosquillas.

–Ay, no me gusta cuando haces esto… ¡Para! ¡Para! –exclamó ella riendo de felicidad.

Sin embargo, él no se detuvo ni un solo instante. Terminaron los dos sin aliento, sonriendo de oreja a oreja cuando aquella dulce tortura se terminó por fin.

Julian la miró y extendió la mano para acariciarle uno de los senos, manipulándolo como si fuera una propiedad suya con la que tuviera pleno derecho a jugar. Cuando el pezón respondió ansiosamente, Julian sonrió.

–¿Estás segura de que quieres? –le preguntó

mientras se inclinaba sobre ella para darle un beso de buenos días–. No quiero que estés dolorida todo el día…

–Sí… estoy segura.

–Mi pequeña Molls está resultando ser completamente insaciable –replicó él, sonriendo. Entonces, bajó la cabeza y comenzó a besarle los pechos y a juguetear con los pezones. El estímulo fue demasiado como para que ella lo pudiera soportar–. Gracias por el regalo que me has dado –susurró él mientras cambiaba de un pezón a otro–. Llevo toda la vida preocupándome porque otro hombre se quedara con lo que yo quería.

Aquella inesperada confesión fue una maravillosa revelación para ella que, unida a las caricias que él la estaba proporcionando, provocaron que todos los músculos del cuerpo se le tensaran. Se aferró a los hombros de él, retorciéndose de deseo, estimulada por los hábiles movimientos de aquella húmeda lengua.

–Jules… No hagas eso a menos que… ya sabes…

–Sí, lo sé –susurró él colocando el rostro a la altura del de ella.

Molly giró el rostro, abrió la boca y lo besó primero perezosamente y luego con increíble vigor.

–No… ahora me toca a mí torturarte a ti…

Lo colocó debajo de ella. Julian se tumbó muy obediente sobre la espalda para dejar que ella admirara su magnífico cuerpo. De la cabeza a los pies, Julian era una obra maestra que ella quería memorizar.

Él entornó los ojos y cruzó las manos detrás de la cabeza para permitirle que ella le tocara. Molly se mordió los labios al sentir cómo le hormigueaban los senos, anhelando sus caricias. El deseo le ardía entre las piernas. Le acarició suavemente los abdominales y los pectorales, los fuertes bíceps y luego las deslizó más abajo para centrarse en su firme masculinidad…

Julian contuvo el aliento. Dejó que Molly le agarrara la columna de su deseo, tan grande que ella no la abarcaba con solo una mano. Julian estaba tan excitado que ella lo sentía latiendo debajo de las manos y dedos. Quería besarlo allí, lamerlo por todas partes.

–Quiero besarte ahí, Jules…

Él la miró con los ojos casi negros por el deseo.

–En ese caso, deja de torturarme y bésame…

Molly observó su rostro mientras se inclinaba hacia él. Jamás iba a olvidar el deseo llameante y firme que se le reflejó a Julian en los ojos.

–¿Así? –preguntó mientras bajaba la boca y lo besaba justo en la punta.

Él meneó salvajemente las caderas.

–¿Te gusta Jules o…?

–Nena, llevo mucho tiempo soñando con esto… –murmuró con voz ronca–. Mañana, tarde y noche…

Molly inclinó la cabeza y lo observó. Los ojos de Julian ardían de deseo. Ella deslizó la lengua sobre la piel, para lamerlo lentamente alrededor de la punta, saboreándolo. Entonces, se deslizó aquella firme masculinidad en la boca. Las manos de Julian le rodearon la cabeza. Él hundió las manos en el cabello mientras ella retiraba la cabeza para volver a mirarlo. Ambos tenían los ojos llenos de excitación y de deseo.

–¿Pensabas tú también en mí, nena? –susurró él con un gemido gutural.

Molly lo soltó y se sentó encima de él, a horcajadas. Después, se inclinó hacia él para besarlo.

–Tanto que ni siquiera he mirado a otro hombre, Jules….

Julian se hizo entonces cargo de la situación. Enredó la lengua con la de ella y le colocó las manos sobre la espalda, para luego deslizarlas por el trasero. Apretó la carne e hizo que Molly se moviera para que las caderas de ambos se alinearan y la rígida erección se colocara justo en la parte donde estaba completamente húmeda.

–Llevo pensando en esto todos los días desde hace mucho tiempo… Y ni siquiera voy a empezar a decirte cuántas veces durante la noche…

–Te deseo dentro de mí, Jules –murmuró ella mientras movía las caderas sugerentemente.

Le dolía mucho el cuerpo, pero, a pesar de todo, necesitaba volver a sentirlo dentro de ella aunque tan solo fuera para asegurarse de que aquello era real. Aquello estaba ocurriendo. Le pertenecía a Julian y él la pertenecía a ella.

Julian se giró y se colocó encima de ella. Ver cómo él estaba a punto de penetrarla casi le provoca el orgasmo directamente. La dorada piel de Julian relucía con el sudor y los brazos y los hombros se tensaban, abultando los músculos. Molly no se podía creer que aquella maravillosa criatura la deseara de aquel modo ni que la mirara del modo en el que la estaba mirando. Que su héroe, su amigo y su persona favorita pudiera ser también su amante.

–Te deseo –susurró ella–, pero por favor, lentamente, para que no me duela.

–Tendré cuidado contigo. Ven aquí, Moo –susurró él tomándola entre los brazos y sujetándola mientras la penetraba.

–¡Sí! –gritó ella apretando los ojos con fuerza ante la oleada de sensaciones, un amor y una pasión que siempre había deseado encontrar después de buscarlo durante años.

Julian lanzó un gemido de placer al comenzar a moverse rítmicamente dentro de ella, besándole el rostro, los labios, las mejillas y la sien. Se hundía en ella con fuerza, por lo que Molly se aferró a él como si le fuera la vida en ello. Julian la condujo al precipicio y le hizo gritar su hombre. Entonces, se lanzó tras ella con una última embestida. Los cuerpos de ambos se tensaron en un largo y potente orgasmo.

Permanecieron abrazados una hora en la cama, recordando sus aventuras adolescentes. Cuando Molly empezó a quedarse dormida, se sentía tan feliz que pensó que, por fin, su vida era como debería ser.

Nada se podría interponer entre Julian y ella nunca más.

Capítulo Ocho

Cuando Molly abrió los ojos, los rayos del sol entraban ya a raudales por la ventana. Al darse cuenta de que eran más de las diez, lanzó un lánguido gemido y se estiró en la cama, ansiosa por volver a sentir los cálidos contornos del cuerpo de Julian. Sin embargo, él ya no estaba en la cama a su lado.

Vio una nota sobre la almohada:

Buenos días, Picasso. ¿Quieres reunirte conmigo arriba? Está todo preparado para que mi empresa pueda empezar a funcionar el lunes y estoy comprobando los detalles de última hora. Espero que no te importe que haya dejado otro mensaje en otra parte.

Con cariño,

Julian

Resultó que el otro mensaje lo tenía en el trasero. Se quedó atónita cuando se lo vio mientras pasaba frente al espejo. Consistía de tres letras: J. J. G.

Se echó a reír. Nunca habría imaginado que se podría despertar sintiéndose tan contenta, tan llena, tan plena y tan feliz.

Era como si, de repente, él hubiera abierto la caja secreta en la que había escondido durante décadas sentimientos muy especiales hacia ella. Después de que aquellos sentimientos se hubieran hecho públicos, se sentía como si fuera a estallar por el amor que sentía en el pecho.

Fue a ducharse y al salir preparó café y utilizó dos servilletas para envolver dos cruasanes que había calentado en el horno. Se dirigió al ascensor con una sonrisa en los labios.

Se imaginaba fácilmente haciendo eso todos los días, teniendo el despacho de su marido en el mismo edificio en el que vivían. Él podría ir y venir a su antojo, tomándose unos minutos de su ajetreado horario para ir a besarla como solo él sabía hacer. Las mejillas se le enrojecieron ante aquella perspectiva.

Las puertas del ascensor se abrieron y ella salió. Se quedó impresionada ante la visión que la saludó.

El ático había sufrido una increíble transformación. Resultaba impresionante. Mármol reluciente, lámparas cromadas, ordenadores de última generación, imponentes escritorios… Una zona de recepción quedaba ante ella y, más allá, la pared donde estaba el mural que aún no había terminado de pintar.

Con tan solo mirar aquella explosión de colores, sintió deseos de volver a ponerse a trabajar, aunque la verdad era que se moría de ganas por volver a ver a Julian. Sintió un hormigueo en los pechos al pensar que volvería a besar sus sedosos labios y a abrazar su cuerpo grande y fuerte.

Entonces, oyó voces. Voces airadas. Frunció el

ceño y rodeó la zona de recepción. Atravesó un par de puertas de cristal. Allí estaba Julian, muy guapo con unos pantalones color caqui y un polo blanco. Su actitud denotaba enojo y tensión. Entonces, vio que había otro hombre más. La actitud de este era tan casi amenazadora como la de Julian.

Era Garrett.

Los dos tenían una actitud enojada y beligerante. Aquella no era la mañana que se había imaginado mientras se daba una ducha. ¿De qué estarían discutiendo? Además, ¿por qué estaba Garrett allí si no sabía lo de las nuevas oficinas de Julian?

No. No podía ser…

De repente, lo comprendió todo. Había recordado sus propias palabras como una maldición. «¿Quién puede trabajar en paz con críticas constantes? ¡Me alegro que vaya a hacerlo!».

¿Qué había hecho?

Se echó a temblar al temerse lo que estaba ocurriendo y se derramó accidentalmente un poco d café en la mano. El dolor le hizo gemir, lo que hizo que los dos hombres se volvieran.

Cruzó la mirada con la de Garrett en primer lugar. Deseó no haber revelado una información que pudiera volverse en contra de Julian.

–No sabía que teníamos compañía, Jules –dijo ella.

–Me resulta difícil de creer, dado que tú hiciste la invitación –replicó él con la voz fría como el hielo.

Miró a Julian y vio que la expresión de su rostro era tan gélida como lo había sido su voz.

–Jules, yo no lo he invitado a que venga aquí. No quería que él... Bueno, tomad. Garrett, puedes quedarte con mi café si te apetece.

Extendió la taza, tratando de conseguir que la mañana se convirtiera en lo que había soñado.

–¿Le traes café al amor de tu vida, Molly? Es una pena que ya se tenga que marchar, ¿verdad, Garrett? –le espetó.

–¿De qué diablos estás hablando? –preguntó Garrett.

Molly miró a Garrett completamente horrorizada. Respiró profundamente, y dejó las dos tazas y los cruasanes sobre un escritorio cercano.

–Te ruego que hagas que alguien te examine la maldita cabeza porque no te entiendo –rugió Garrett. Entonces, se volvió a mirar a Molly–. Gracias por tu visita de ayer, Molly. Y por habernos informado de este nuevo acontecimiento.

Molly se quedó helada. Jamás se habría imaginado que él le diría algo así delante de Julian. Sintió deseos de volver a tomar las tazas y arrojárselas a Garrett. Estaba segura de que Julian creía que ella era una chivata que había traicionado su confianza.

Garrett se volvió a mirar a Julian.

–Piénsalo antes de que hagas algo aún más estúpido.

Se dio la vuelta y se dirigió a los ascensores.

Molly miró a Julian. Vio que él estaba observándola sin decir palabra. El silencio resultaba insoportable.

Jules no confiaba en nadie más que en ella. Después de lo que ella le había dicho a Garrett, su familia comenzaría a tratar de convencerle para que no dejara el periódico.

Esperó a que él tomara la palabra. Cada segundo que pasaba era eterno. Quería morirse.

—Me has traicionado.

Molly contuvo el aliento, sorprendida por el dolor que le atenazaba el corazón. Le habría dolido menos que la insultara, incluso que le gritara. Se sintió muy avergonzada.

—Te aseguro que no es lo que parece, Jules.

—Me has vendido a mi hermano, Molly —insistió él, tras acercarse a ella y obligarla a que lo mirara—. ¿Cómo has podido hacerme esto?

—No quería hacerlo, te lo aseguro. Se me escapó. ¿Qué vas a hacer ahora? ¿Odiarme por ello? ¿Es eso?

—¿Odiarte? No, Molly. Te amo. Por eso no me puedo creer que te hayas alineado con ellos en mi contra —repuso mientras se mesaba el cabello y se alejaba de Molly, como si necesitara distanciarse de ella—. ¿Quieres saber por qué quiero dejar una empresa que factura tanto dinero, Molly? Pues déjame que te diga por qué. Porque, mientras esté bajo el yugo de mi familia, no podré estar contigo.

La observaba con expresión sombría, triste.

—Ese día que viniste a suplicarme que te ayudara a conseguir a otro hombre, pensé en mandar a paseo a mi familia. Decidí que no iba a dejar que siguieran arruinándome la vida ni que me apartaran de ti.

Ella sintió que los ojos se le llenaban de lágrimas.

—Me apartaron de ti docenas de veces. Incluso

amenazaron con desheredarme. Lo intentaron todo para tenerme dominado. Estoy cansado de bailar al son que me tocan. Quiero estar contigo. El plan era alcanzar la independencia económica para que nadie que me dijera lo que puedo o no puedo hacer o me diga si puedo amarte o no. Maldita sea, Molly… No me puedo creer que me hayas crucificado de esa manera por ellos… por él.

Cuando terminó de hablar, se dirigió al enorme ventanal del despacho. Molly sintió que las lágrimas comenzaban a deslizársele por el rostro.

–Lo siento, Jules. No sabía que era tan importante… Te juro que habría tenido más cuidado con lo que decía…

–Yo confiaba en ti. Me conoces mejor que mi familia, mejor que nadie. Siempre he confiado en ti y te he contado todo lo que pienso o deseo y…

–Puedes seguir confiando en mi, Jules. Cometí un descuido, eso es todo. No vas a permitir que Garrett te empuje a hacer algo que no deseas, ¿verdad?

Él se giró para mirarla. La expresión de su rostro era vacía, como si nunca jamás fuera a volver a confiar en ella. Entonces, se giró de nuevo, ofreciéndole la espalda. Molly deseó salir huyendo y encerrarse el resto de su vida entre sus pinturas y sus lienzos. Pero su vida jamás volvería a ser la misma sin Julian. Tenía que quedarse allí y arreglar las cosas. Tenía que conseguir que la perdonara.

–Jules…

Él se mesó el cabello con las manos y se lo agarró con fuerza. Entonces, bajó la mirada al suelo.

–¿Fui acaso tu premio de consolación, Molly? ¿Sigues pensando en Garrett?

Ella abrió la boca para negarlo, pero no pudo pronunciar ni una sola palabra.

–Si hubiera sido Garrett el que te besó la noche del baile de máscaras, ¿estarías aquí conmigo?

Al hacerle la última pregunta, se volvió ligeramente para mirarla. Su mirada vacía hizo pedazos a Molly.

La magia que había sentido junto a él no podría existir nunca ni con Garrett ni con nadie. Julian era su elegido, siempre lo había sido, por mucho que hubiera tratado de oponerse a sus sentimientos.

Sin embargo, le resultaba imposible hablar. Las lágrimas y la frustración se lo impedían. Lo amaba con todo el corazón. Se sacaría los ojos por él, se cortaría las manos aunque no pudiera volver a pintar. Le daría sus riñones, su hígado, su páncreas y sus pulmones si los necesitaba. Eso, por no mencionar el corazón, dado que este ya se lo había entregado hacía mucho tiempo.

–Julian, no seas ridículo, por favor. Te amo –susurró mientras se secaba las lágrimas y salía corriendo detrás de él, dado que Julian se había cansado de esperar su respuesta. Desgraciadamente, él ya se había metido en el ascensor.

–Recoge tus cosas, Molly. Te voy a llevar de vuelta a tu casa. Considera terminado el mural.

***

Durante exactamente doce días, once horas, cuarenta y siete minutos y treinta y dos segundos, Julian se enterró en su trabajo y en sus deportes. No había pisado el *San Antonio Daily* desde hacía dos semanas, ni siquiera para presentar a sus hermanos la carta de dimisión.

En ese tiempo, J. J. G. había empezado a funcionar, por lo que trabajaba de seis de la mañana a seis de la tarde todos los días.

Sin embargo, su cabeza seguía dándole vueltas a los recuerdos de la última noche que pasó con Molly. Los recuerdos de su traición.

Cada día, cuando veía el mural que había realizado, sentía deseos de derribar la pared y lo habría hecho si no hubiera invertido tanto dinero en sus nuevas oficinas.

Hasta su apartamento estaba plagado por los recuerdos en todos los rincones. La almohada de su cama parecía conservar el dulce aroma de Molly. No se había dado cuenta de lo mucho que ella había calado en su vida hasta que no se encontró de bruces con el abrumador vacío que había dejado.

Deseaba olvidar que la había conocido. Olvidar que la deseaba tanto y, sobre todo, olvidar que había estado dispuesto a cambiar su vida por ella… Sin embargo, no podía. No podía perdonarla ni olvidarla.

Ella le había dicho mil veces a lo largo de su vida que lo amaba y Julian sabía que era cierto. Lo amaba como amigo, como hermano. Sin embargo, ¿lo amaba como pareja? Julian conocía cada secreto de

126

su cuerpo, dónde acariciarla, cómo hacerle gemir… Sin embargo, no podía dejar de pensar si ella hubiera preferido pasar la noche con Garrett.

La sangre le hervía al pensar en su hermano. Aunque sabía que los sentimientos que Molly tenía por Garrett se basaban en un beso que el propio Julian le había dado, seguía estando muy celoso.

Desesperadamente, buscó pistas en sus recuerdos sobre Molly y su hermano juntos. Miradas que hubiera podido pasar por alto, caricias que tuvieran más peso del debido… No pudo recordar nada. Todos los recuerdos que tenía de Molly estaban ligados a él. Recuerdos de la infancia, de la adolescencia y de la edad adulta.

Sin embargo, era él quien estaba solo. Completamente solo.

Y con el corazón totalmente roto.

El sol brillaba con tanta fuerza que Molly se sorprendió de no desintegrarse como un vampiro bajo sus rayos. Después de haber estado encerrada en su estudio durante semanas, era casi un milagro que la piel no se le abrasara inmediatamente.

Entornó los ojos para protegerse de la fuerte luz y miró el sobre que tenía entre las manos. Reconoció inmediatamente la letra de la señora Watts, la asistente personal de Julian.

Cerró el buzón y se sentó en la hierba para mirar el blanco sobre. Sus mensajes no habían sido contestados. Sus llamadas pasaban directamente al contestador. Habría querido darse de bofetadas antes de haberle dicho lo que le dijo a Garrett sin pensar.

Julian era, y siempre había sido, un hombre extremadamente reservado. Solo mostraba su verdadero yo a unos pocos. Molly sabía que nadie conocía a Julian mejor que ella. Por eso, no podía soportar recordar lo que, sin pensar, le había hecho.

¿Cómo podía solucionar lo ocurrido entre ellos si Julian ni siquiera quería hablar con ella?

Habían pasado quince días y, cada uno de ellos, Molly había tratado de hacer las paces. Lo último que había hecho había sido devolverle cada centavo del dinero que él le había pagado por el mural sin terminar. Había añadido una nota en la que decía:

Jamás he dejado un trabajo sin terminar hasta ahora. Te ruego que me des oportunidad de hacerlo. Me gustaría terminarlo.

Le habría gustado decirle que lo amaba, rogarle que la perdonara. Al final, se había decidido por una nota más neutral pensando que así tendría más posibilidades de volver a verlo.

Contuvo el aliento y abrió el sobre con dedos temblorosos. El cheque por un valor de ciento cincuenta mil dólares que ella le había enviado cayó en sus manos hecho pedazos. Junto con su nota, también hecha pedazos.

Creyó que el corazón se le iba a romper. Los ojos se le llenaron de lágrimas, por lo que bajó el rostro al sentir que se acercaba un coche. Se oyó el chirriar de los neumáticos, un motor que se detenía y unas puertas que se abrían.

Kate y Beth saltaron de la furgoneta de Catering, Canapés y Curry.

–¡Molly! –exclamó Kate alarmada.

Molly se puso de pie y se secó rápidamente las mejillas.

–Hola, os echaré una mano.

No las miró mientras se dirigía a la parte posterior de la furgoneta y comenzó a descargar las bandejas vacías, pero sintió que ellas la observaban mientras se dirigía al interior de la casa.

Beth la alcanzó en la cocina.

–Molly…

Ella rezó para que no tuviera los ojos rojos e incluso sonrió cuando se volvió a mirar a su amiga.

–Hola, Beth.

Vio la preocupación en la expresión de Beth.

–¿Sabes una cosa? Julian fue a la casa el otro día para hablar con Landon. Ha dimitido del *Daily*.

Molly asintió.

–Me alegro por él.

Beth la miró fijamente. Molly sabía que era una buena mujer. Beth había conocido el sufrimiento y un horrible divorcio antes de encontrar el verdadero amor de su vida, por lo que, de repente, Molly sintió deseos de contarle sus penas. Estaba completamente segura de que ella comprendería cómo se sentía en aquellos momentos. Sin embargo, sabía que Kate sufriría mucho por ella si la viera así y no quería romperle el corazón a su hermana contándole lo que le pasaba a otra persona.

Además, era culpa suya todo lo que había ocurrido. Kate se lo había advertido en muchas ocasiones.

–¿Sabes una cosa? –le preguntó Beth mientras le tomaba una mano entre las suyas–, si hace que te sientas mejor, él tampoco lo está pasando demasiado bien.

–No, no hace que me sienta mejor –admitió Molly–, pero gracias de todos modos, Beth.

Aquella tarde, se puso a terminar los dos lienzos que le quedaban para la exposición en la Blackstone Gallery de Nueva York. El resultado fue tenebroso y deprimente, lo que reflejaba su estado de ánimo.

Por la noche, se tumbó en la cama y oyó que Kate hablaba por teléfono.

–No va muy bien… ¿qué vamos a hacer? Molly… –dijo Kate desde la puerta.

–Ya te he oído, Kate. Tengo oídos, ¿sabes? Y no vivimos en una mansión.

Sintió que el colchón protestaba cuando su hermana se sentó a su lado y le tomó la mano.

–Lo siento, Molly. Creo que hemos cometido un terrible error. Contigo y con Julian.

–No. Teníais razón desde el principio –dijo Molly. Se puso de costado, de espaldas a su hermana.

–Molly, estamos planeando algo Garrett, Landon, Beth y yo. Si te digo lo que es, ¿te unirás a nosotros?

–Si implica que yo tenga que volver a mentir a alguien o fingir ser algo que no soy, no cuentes conmigo.

–No, Molly. En realidad, se trata de un buen plan. Lo único que tienes que hacer es seguir las instrucciones de una nota que te voy a dar este fin de semana. La nota te conducirá a Julian.

–Lo odio.

–¿De verdad?

–¡No he conocido en toda mi vida un hombre tan frustrante!

–Muy bien. En ese caso…

La cama volvió a protestar, lo que indicó que Kate se había levantado del colchón. Al oírlo, Molly se sentó en la cama y encendió la luz.

–En realidad, no estaba saliendo con él, Kate. Fue todo una mentira. Yo estaba confundida y pensaba que Garrett había sido el que me besó la noche del baile de máscaras. Yo, como una tonta, pensé que Julian podría ayudarme a poner celoso a Garrett. Entonces, me di cuenta de que…

Kate se volvió para mirarla desde la puerta.

–Lo sé… –dijo. Regresó a la cama y volvió a sentarse. Entonces, le acarició suavemente el cabello–. ¿De verdad crees que me lo creí? Resultaba tan evidente que los dos no erais amantes que, si no hubiera estado tan preocupada, me habría echado a reír.

–Fue Julian el que me besó el día del baile de máscaras y yo… yo me confundí. Algo dentro de mí lo reconoció, pero mi cerebro no podía o tal vez no quería. Es culpa suya que no pueda mirar a otros hombres y que no quiera estar con nadie más. Incluso creo que estaba fingiendo desear querer poner a Garrett celoso, pero que, en realidad, a quien quería poner celoso era a Julian.

–Lo sé, lo sé… Ahora, tranquilízate. Es tu hombre, Molly. Y tú eres su mujer. Tienes que estar con él. Hemos cometido un grave error manteniéndoos separados tanto tiempo. Garrett está muy preocupado por él. No para de trabajar y de correr de acá para allá. No come. Su familia se siente responsable, incluso su madre está tratando de disculparse por todas las amenazas anteriores y él no quiere saber nada de nadie. Está sufriendo mucho, Molly. Tú lo quieres, ¿verdad?

–No sabes cuánto… –afirmó con un hilo de voz y asintiendo tan rápidamente que estuvo a punto de marearse.

La simple idea de volver a verlo le resultaba electrizante.

–¿Por qué? –le preguntó a Kate–. ¿Por qué, después de todo este tiempo, estáis todos dispuestos a ayudarnos?

–Porque te quiero mucho, Molly. Y sé que tú lo quieres a él y que Julian te corresponde. Todos os queremos mucho.

Molly abrazó a Kate y la apretó con fuerza contra su cuerpo.

–Lo echo mucho de menos, Kate.

–Lo sé, Molly. Lo sé.

Capítulo Nueve

Era un día estupendo para estar en la casa del lago. Julian no había planeado ir, pero Landon había insistido mucho. De mala gana había accedido porque podía practicar esquí acuático, nadar y montar en su moto. Después de un día allí, lo único que le dolería serían los músculos en vez del corazón.

En aquellos momentos, el viento le abofeteaba el rostro mientras iba a toda velocidad por el lago en la moto, compitiendo contra Garrett y Landon. Miró hacia la mansión, que se erigía blanca y elegante junto al lago. Allí podía ver a su madre, sentada a la larga mesa del porche, sirviendo tranquilamente vasos de limonada para las dos personas que estaban sentadas con ella: Beth y David, su hijastro.

Julian hizo un quiebro y salpicó agua por todas partes cuando detuvo la moto en el embarcadero. Entonces, saltó al muelle con el traje empapado y se dirigió hacia el porche dejado tras él un rastro húmedo. Cuando llegó, se sentó en una silla y tomó el vaso de limonada que le ofrecía su madre.

–Landon me ha dicho que no vas a volver a trabajar en el *Daily* –dijo su madre sin preámbulo alguno–. ¿Estás completamente seguro de eso?

Julian asintió. No se molestó en explicar el acuerdo al que había llegado con Landon ni las razones que tenía para ello.

La madre lo miró fijamente y le dirigió una mirada de súplica que no tuvo ningún efecto en él.

—No, madre. Ya tengo una gran clientela en J. J. G. Enterprises. El *Daily* es pasado para mí. A partir de ahora, voy por libre.

Su madre cedió rápidamente. Julian supo que la razón era que la culpabilidad la corroía por dentro. De hecho, incluso había dejado de amenazarle con retirarle el dinero que le correspondía del patrimonio familiar por haber dejado el negocio familiar, aunque siguiera intentando convencerle de que regresara.

Sus hermanos se acercaron por fin y se sentaron junto a ellos justo en el momento en el que una pelirroja salía de la casa llevando un bol de ensalada en las manos.

Durante un segundo, Julian pensó que era Molly. Ni siquiera se paró a pensar el efecto que esa imagen le produjo, pero el corazón se le aceleró en el pecho como un animal salvaje. Se sintió muy aliviado al darse cuenta de que se trataba de Kate.

Se tranquilizó del todo cuando Garrett se acercó para ayudarle con el bol y para susurrarle algo al oído.

—Hola, Julian —dijo Kate al verlo—. Has estado tan ocupado toda la mañana que no he podido saludarte.

—Acabas de hacerlo, así que ya puedes dormir bien.

En ese momento, se dio cuenta de lo malhumorado que había sonado. Decidió que se quitaría el mal humor por la tarde, montando en kayak y en bicicleta, para conjurar así su frustración.

Los criados les llevaron bandejas de canapés y vino. Mientras la familia charlaba, Julian quedó sentado en silencio, pensativo cuando no salió una segunda pelirroja de la casa. Kate había sido invitada. ¿Dónde diablos estaba Molly?

Quería preguntar dónde estaba y cómo le iba, además de preguntar por qué diablos le había traicionado. Jamás había estado veintitrés días, cuatro horas, treinta y dos minutos y unos treinta segundos sin hablar con ella. El tiempo había pasado tan lentamente que más bien le parecían años. Con toda seguridad, aquel era el peor periodo de su vida.

Kate no hacía más que mirarle.

—¿No vas a comer nada? —le preguntó por fin.

Negó con la cabeza. Ya ni siquiera tenía hambre. Al ver las muestras de cariño que se profesaban Landon y Beth, el estómago de Julian estuvo a punto de estallar. Su hermano tenía una esposa que lo adoraba y un hijo estupendo y para él eran todo su mundo. Todos se habían puesto muy contentos de que Landon hubiera podido volver a encontrar el amor después de que su primera esposa y su hijo murieran. Por eso, normalmente, verlos tan acaramelados le producía un inmenso placer a Julian, pero aquel día le resultaba… difícil. La única persona por la que él había sentido algo similar no estaba presente.

–¿Cómo está nuestra querida Molly, Kate? –le preguntó Eleanor–. Me siento muy desilusionada de que no haya podido venir.

Julian apretó los labios mirando su vaso de limonada. En ese momento, deseó haberse decantado por el vodka.

–Ella también se sintió muy desilusionada –contestó Kate–, pero tenía una exposición en Nueva York y tuvo que volar hasta allí para la inauguración.

Julian se negó a pensar en Molly volando sola a Nueva York, con un hombre sentado a su lado en primera clase tratando de ligar con ella. Era un momento muy importante en su carrera y Molly lo había tenido que celebrar sola.

Se rebulló en el asiento, tratando de consolarse con el pensamiento de que al menos su galerista estaría a su lado. Josh era un gran amigo de Julian.

–Siempre me han gustado sus lienzos –comentó Eleanor–. Son tan coloridos y brillantes. Como ella. No es de extrañar que le vaya tan bien.

–¿Os acordáis cuando guardaba todos los envoltorios de caramelos? –añadió Garrett–. Luego, los retorcía en ramas de árboles y hacía…

–¡Sí! ¡Árboles de caramelos! –exclamó Landon–. Creo que tiene uno en esta exposición.

–¿Os acordáis lo que un columnista escribió de ella? –preguntó Beth–. Dijo que Molly era la clase de artista que podía dibujar un sencillo boceto en una servilleta de papel, firmarlo y que, con eso, pagaría no solo su cuenta de restaurante, sino la de todos los comensales.

Julian no lo pudo soportar más. Se levantó con el rostro morado por la ira. Entonces, agarró su bebida y se dispuso a marcharse.

–¡Julian, querido! –le dijo Eleanor–. ¿Puedes decirle a uno de los criados que nos traigan las empanadas?

Julian se dio cuenta de que tenía el vaso vacío y lo golpeó con fuerza contra la mesa.

–Díselo tú misma.

Con eso, se marchó al banco de madera junto al embarcadero en el que había dejado su ropa seca. Allí, se bajó la cremallera de mala manera y se despojó del neopreno hasta la cintura.

Entonces, se dio cuenta de que su ropa no estaba en ningún lado. Regresó furioso adonde estaba su familia.

–¿Dónde diablos están mis cosas?

Kate se cubrió las mejillas con ambas manos.

–¡Ay, lo siento! Lo colgué todo en el armario que hay en la casa de invitados para que no se mojara ni se arrugara.

Julian hizo un gesto de desesperación con la mirada y se dirigió a la casa de invitados, que estaba a poca distancia de la casa principal. Cuando llegó allí, cerró de un portazo y se dirigió al armario.

Cuando se giró, vio a Molly. Ella estaba junto a la ventana. El cabello le caía por los hombros. Llevaba un sensual vestido sin tirantes, unas sandalias plateadas, unos enormes pendientes, grandes pulseras y una sonrisa en los labios.

El cuerpo de Julian lo traicionó y cobró vida al

verla, como si veintitrés días de esfuerzo físico no hubieran sido suficiente para que no sintiera nada. La mera presencia de Molly había hecho que saltaran las chispas,

–Eres tú...

En aquel momento, escuchó un ruido de pasos junto a la puerta principal y el sonido de la cerradura que se echaba. Demasiado tarde, se dio cuenta de que su familia acababa de encerrarle con ella.

–Soy yo –afirmó Molly tranquilamente. Verlo después de tantos días le produjo una extremada sensación de alegría.

Tenía el torso bronceado por el sol. Parecía más fuerte, más atlético. Resultaba muy sexy con el neopreno colgándole desde la cintura, enfatizando las estrechas caderas y la cintura, el cabello mojado y la actitud desafiante de un dios griego, de un playboy. Era el hombre que amaba y que, desgraciadamente, no quería tener nada que ver con ella.

Molly tembló con nerviosismo, deseo y arrepentimiento.

–Pensaba que tenías una exposición –dijo él.

–Regresé ayer –repuso ella lentamente mientras que las manos no dejaban de juguetear con la falda–. A todo el mundo le gustaron mis cuadros, a excepción de los dos deprimentes.

–Tus trabajos no son deprimentes –replicó él mientras se dirigía hacia el armario, abría las puertas y retiraba su ropa sin muchas ceremonias.

Molly sintió que el deseo se apoderaba de ella cuando Julian comenzó a cambiarse allí, delante de sus narices. Se sacó el neopreno, sin importarle que Molly pudiera verle el trasero desnudo. Unos gloriosos músculos se tensaron y se relajaron mientras se ponía la ropa interior y los pantalones. A continuación, se vistió con un polo blanco. Después, se dirigió hacia la puerta de la casa y trató de conseguir que se abriera. Lanzó una maldición cuando no se abrió, por lo que se volvió a mirarla muy enojado.

–Así que ahora te ha dado por los secuestros, Molly.

Julian apretó la mandíbula y se dirigió a una de las ventanas. Trató de abrirla sin éxito. Se comportaba como un hombre que estuviera en prisión y que se muriera de ganas de que lo dejaran en libertad. Este hecho hizo que Molly lanzara un suspiro de desesperación.

–Mira, esto no es idea mía, pero creo que el plan es brillante –añadió ella.

–Solo tiene un fallo –replicó él. Consiguió abrir una segunda ventana. Entonces, sonrió, y cuando hizo ademán de salir por ella se dio cuenta de que había una doble ventana en el exterior que, en aquel caso, resultaba imposible abrir.

–Maldita sea…

–No quieres hablar conmigo, Julian. Me parece bien, pero yo sí necesito hablar contigo. Vas a tener que escucharme.

–No me puedo creer esta tontería. Primero, no

me quieren cerca de ti y ahora me encierran contigo...

Julian comenzó a sacudir la cabeza y a recorrer la sala como un león enjaulado.

–Tu familia se ha dado cuenta de que estamos muy tristes y están tratando de arreglar sus errores. Bueno, al menos yo he estado muy triste –añadió ella–. Jules, ¿te importaría mirarme para que pueda hablar contigo o acaso tengo que llamarte J. J. para hacerte reaccionar?

Él se detuvo en seco y apretó los puños. Entonces, la miró con ojos de fría indiferencia.

–Ni siquiera pienses en provocarme.

–¿O qué? ¿Vas a besarme?

–Te pegaré unos azotes –le espetó él con la mirada desolada–. No voy a volver a besarte, Molly.

–¿De verdad? –replicó ella. Estaba empezando también a enfadarse–. ¿Y quién dice que yo quiero?

–¡Una puerta cerrada con llave! –exclamó él–. ¡Eso es quien me lo dice!

Molly lo contempló entristecida. Estaba segura de que estaba peleando una batalla perdida.

–Muy bien –dijo ella–, pues vas a tener que escucharme, J. J. ¡Estoy tratando de arreglar las cosas!

Él miró hacia el techo y cerró los ojos con fuerza, como si ella estuviera poniendo a prueba su paciencia. Entonces, se dio la vuelta para mirar por la ventana y apoyó las manos en la pared.

–Está bien. Te escucho. Así que habla.

–El otro día, cuando fui al despacho de Garrett, él quería hablar conmigo sobre nuestra relación.

–¿Qué relación? –replicó él–. ¿La vuestra?

–Evidentemente, la tuya y la mía, Jules –respondió ella con exasperación–. Por eso, le dije que…

Él se dio la vuelta como un ciclón.

–¡Por eso le dijiste que yo iba a dejar el periódico! Mi familia podría haber arruinado todo lo que llevo años preparando. ¿Qué más le dijiste? ¿Que estabas buscando su aprobación traicionándome?

–¿De verdad crees eso? ¿De verdad? –le preguntó ella muy dolida–. Mira, lo siento, Jules. No era ese mi propósito. Estaba furiosa por el modo en el que trataron de alejarme de ti y no pensaba con claridad. Te ruego que me ayudes. Estoy tan enamorada de ti que ya no puedo soportarlo más.

–Esa información no era tuya y, por lo tanto, no podías compartirla, y mucho menos con ellos. Mira, no puedo seguir hablando contigo. No puedo. Estoy furioso…

Cuando vio que Molly daba un paso hacia él, la detuvo con un gesto de la mano. Entonces, suspiró y se alejó de ella. Cada paso atrás que daba, le parecía a Molly un obstáculo que jamás podría superar. Al final, se sentó en un diván que había junto a la ventana mientras que Molly tomaba asiento en el sofá

Una vocecita en el interior de su cabeza le sugirió que lo sedujera, pero ese pensamiento la hizo sentirse barata y falsa. ¿Cómo iba ella a poder afrontar una seducción? En primer lugar, Julian ni siquiera daba indicación alguna de que él siguiera deseándola, y nunca había sido una cuestión de solo sexo entre ellos. Había tenido más que ver con la amistad, la diversión, la confianza…

La fuente de su fuerza había desaparecido y se sentía completamente perdida sin él.

El sol comenzó a ponerse en el exterior, bañando la sala con la luz dorada del atardecer. Molly se preguntó si alguna mujer habría estado acariciando el cabello de Julian. Si una mujer, con largas piernas y pechos más grandes hubiese estado sintiendo las manos de él sobre su piel y habría estado suspirando entre sus besos.

–¿Te has vuelto a acostar con una mujer? –le preguntó ella, celosa.

–No me apetece el sexo desde que tú y yo… –respondió. Entonces se interrumpió, como si temiera haber revelado demasiado–. No. ¿Y tú?

–¡Por supuesto que no!

Julian entornó la mirada y la observó con su magnética fuerza. Los dos quedaron en silencio.

–¿Crees que piensan dejarnos aquí toda la noche? –preguntó él por fin.

El tono de su voz al hablar había sido de enojo. Julian miró a su alrededor, como si aún esperara encontrar una salida por la que poder escapar. Esto hizo que Molly se sintiera totalmente despreciada.

–Creo que han dejado un poco de comida en la cocina, además de agua… y champán.

Molly había infravalorado el tamaño del orgullo de Julian y del suyo propio. Solo quería dejar de suplicar y esconderse en un rincón para no salir nunca más. Los ojos se le llenaron de lágrimas cuando volvió a mirarlo, pero él no la vio. Estaba mirando por la ventana, inalcanzable y distante. Molly se acurrucó en el sofá abrazada a un cojín y cerró los ojos para fingir que Julian no estaba allí con ella. Jamás se había sentido tan destrozada y tan sola.

De repente, la voz de Julian la sacó de su ensimismamiento.

–¿Te acuerdas de cuando suspendiste el examen de conducir por segunda vez?

Ella asintió. Sintió que se le hacía un nudo en la garganta.

–¿Te acuerdas de sacar el coche de Landon para practicar un poco y de estrellarlo?

Ella volvió a asentir. El nudo en la garganta se hizo aún más grande.

–Me hiciste salir de un partido de los Spurs. Y yo lo arreglé todo. Lo arreglé para que no te pillaran y acepté de buen grado la charla de mi hermano y de mi madre por ti. Jamás te delaté. Nunca.

–Lo siento –susurró ella–. Siempre has sido mi héroe. Siento no haberte pagado con la misma moneda. Si no nos hubiéramos acostado juntos, ¿seguirías siendo mi mejor amigo?

–Pídele a Garrett que sea tu amigo…

Molly sintió que la ira se apoderaba de ella. Se puso de pie temblando de furia.

–¿Sabes una cosa, Jules? ¡Vete al infierno! Si quieres aferrarte a la única cosa que he hecho mal contigo en toda mi vida, es decisión tuya. Sin embargo, sabes que he estado a tu lado cada segundo de tu vida, animándote. Da la casualidad de que no creo que haya en el mundo nadie tan maravilloso y tan especial como tú. Sin embargo, si crees que yo te haría daño intencionadamente por beneficiar a otras personas como a tus hermanos, eres un idiota. ¡Y no me mereces ni a mí ni a mi amistad! ¡Y mucho menos mi amor!

Molly se sentía demasiado cansada y herida como para seguir suplicando. Había pensado que Julian y ella podrían sobrevivir a cualquier cosa. Que eran invencibles. Sin embargo, allí estaban, como si fueran completos desconocidos y prácticamente enemigos. Como si nunca hubieran significado nada el uno para el otro.

Julian siguió mirando por la ventana.

Molly suspiró y volvió a sentarse en el sofá. Estaba cansada del viaje, de veintitrés días sin dormir, de haber perdido lo que más quería. Se acurrucó en el sofá hasta que, por fin, el sueño se apoderó de ella.

Cada vez que se despertaba y miraba, unos ojos verdes la observaban desde la oscuridad. La última vez que se despertó, temblando y confundida, vio que él seguía allí, observándola.

–Deberías dormir un poco, Jules. Podrás seguir odiándome mañana.

Él se dirigió hacia ella con algo entre las manos.

–Las personas que tienen insomnio no duermen –murmuró él. Entonces, la cubrió con una manta.

Eso fue lo más cerca que Jules estuvo de ella.

***

Eran más de las siete de la mañana cuando Julian oyó que alguien descorría el cerrojo exterior. Entonces, se dirigió hacia la puerta como si estuviera poseído por el demonio. No había dormido nada. Había estado dividido entre tomar a Molly entre sus brazos o romper una ventana con el puño, pero no le daría a su familia la satisfacción de hacer ninguna de las dos cosas. Estaba harto de hacer lo que querían que hiciera.

Pensaban que Molly y él tendrían algo que celebrar. Lo único que Julian iba a celebrar aquel día era pegarles un buen puñetazo a sus hermanos.

Y eso fue exactamente lo que hizo en cuanto se abrió la puerta y vio a Garrett.

–Buenos días –le dijo Julian.

La fuerza que Julian le puso al puñetazo fue tanta que lo tumbó instantáneamente. Garrett cayó al suelo con un golpe sordo.

Molly escuchó el golpe y se despertó sobresaltada. Se puso de pie con los ojos abiertos como platos y se acercó a la puerta.

–Te morías de ganas de hacer eso –le espetó–. ¡Llevas velando las armas desde hace meses!

Julian frunció el ceño y comenzó a flexionar los dedos por el dolor.

–Sí –admitió. Entonces, miró con desaprobación a su hermano y le dio con el pie–. Espero que te haya dolido, hijo de perra.

Garrett se sentó en el suelo y se limpió la sangre con el reverso de la mano para luego escupir la que tenía en la boca.

–Pues tenemos la misma madre, idiota.

–Me marcho a casa –dijo Molly mientras se dirigía a la casa principal, donde sacó unas llaves del bolso de Kate. Instantes después, se marchaba en la furgoneta de reparto de su hermana.

Julian quiso salir detrás de ella, pero estaba demasiado enojado. No quería pelear con ella, por lo que prefirió centrar la ira en su hermano.

Garrett se estaba levantando, pero Julian no se lo permitió. Lo volvió a empujar al suelo golpeándole en el hombro con una rodilla.

–¡Deja de meterte en nuestras vidas! No somos tu responsabilidad, ni la de mamá ni la de ninguna otra persona. Si quisiéramos estar juntos, te aseguro que no habríamos necesitado nunca tu estúpida ayuda.

Garrett lo empujó y se puso de pie.

–Ella te ama, Jules. Estás siendo un imbécil.

–Pues publícalo en el periódico mañana, hermano. A ver si te compro un ejemplar –le espetó Julian. Entonces, se marchó de su lado tras mostrarle un dedo con gesto grosero.

–¡Eres un maldito testarudo! –exclamó Garrett mientras se abalanzaba sobre él para bloquearle el paso–. Vas a hacerme pelear, ¿verdad?

–Quítate de mi camino –le advirtió Julian.

–Molly no te traicionó, tonto. Se sentía furiosa porque le estábamos diciendo que se apartara de ti. Ella solo trataba de defenderte. ¿No te das cuenta?

Pero Julian no escuchaba. Aún estaba demasiado dolido.

Había estado toda la noche viendo aquella cremosa piel, el hermoso cabello rojo y los labios rosados. Toda la noche torturándose de deseo por ella. Tenía una erección desde hacía horas.

–Ya sabes que esa chica te ama más que a nada en el mundo. ¿No? ¿Es que no lo sabes, Julian? –le preguntó Garrett–. Y tú la amas tan desesperadamente que estabas dispuesto a dejar a un lado a toda tu familia tan solo para estar con ella.

–Porque es mía. Mía. Siempre lo ha sido. Siempre lo será. Es mía desde que éramos unos niños.

–En ese caso, ¿por qué estás aquí discutiendo conmigo mientras ella se marcha a su casa?

Una expresión de dolor se dibujó en el rostro de Julian al recordar las palabras que Garrett le había dicho. Si pudiera estar absolutamente seguro de que ella lo amaba verdaderamente a él… A él y no a su hermano.

–¿Y bien? ¿Vas a dejar que se vaya? –le preguntó Garrett mientras señalaba la carretera vacía–. ¿Crees que una buena chica como Molly estaría contigo si no fuera porque te quiere?

–Nunca ha estado conmigo…

–¿Cómo has dicho?

–Todo era una mentira. Nuestra relación. En realidad, jamás estuvo conmigo. Ella… te quería a ti.

Decirle a Garrett aquellas palabras le provocó náuseas.

–Entonces, ¿a qué ha venido todo esto? –le preguntó Garrett sin comprender mientras se echaba una fuerte carcajada–. Molly no me quiere a mí, Jules. Te lo aseguro que sé cuando una mujer me desea –añadió mirando a Kate, que estaba hablando con su madre junto al embarcadero. La observó un largo instante, con los ojos ardiendo de la emoción.

Trató de disimular cuando se dio cuenta de que Julian lo estaba observando.

–Molly lleva toda la vida enamorada de ti, idiota. Quería casarse contigo cuando era más joven. Ella pensaba que en su baile de graduación irías tú con ella. Kate tuvo que decirle de una vez por todas que debía verte como a un hermano y que debía empezar a pensar en otros chicos para que le acompañaran al baile. Estuvo llorando días porque nunca podría casarse contigo. Incluso hizo las maletas y trató de marcharse. Dijo que no quería vivir con nosotros y tenerte como hermano. Nuestra madre la obligó a quedarse, pero como podrás comprender, se quedó muy preocupada por este nuevo desarrollo.

Julian tardó un instante en absorber todo aquello. Se imaginó a Molly y se dio cuenta de que, efectivamente, no había habido ningún hombre en su vida a excepción de él mismo. Sin embargo, él, por su parte, sabiendo que no podía tenerla, había buscado llenar el vacío con mil mujeres diferentes. Ella no había deseado a ningún hombre… hasta que un beso de Julian la había despertado.

Si hubiera sabido todo aquello desde el principio…

Ella había sido su amiga y él el de ella, pero ninguno de los dos se había dado cuenta de que se ha-

de la habitación, ella se incorporó muy sobresaltada. Al verlo, se puso de pie de un salto. Sin embargo, no sonreía.

Julian se acercó a ella con paso decidido, tal y
como lo había hecho la noche del baile de máscaras.
Se sentía poseído por el amor, por el deseo y
por una mujer. Por su mujer.

Ella siguió mirándole con gesto desafiante.

—Vete a tu casa a seguir peleándote con tu hermano —le espetó ella.

—Preferiría pelear contigo, Moo…

—Pues yo no. No pienso seguir peleándome contigo.

Julian sonrió del modo que sabía era irresistible
para ella. Levantó las manos en el aire como si ella
le hubiera apuntado con una pistola.

—Muy bien. En ese caso, hagamos las paces. ¿Qué
dices?

Ella abrió la boca para contestar, pero la cerró.
Al ver que Molly dudaba, Julian bajó los brazos y dio
un paso al frente.

—Lo siento mucho, nena…

—No digas que lo sientes, Julian John. Deberías
traerme flores a montones para disculparte…

—Vaya, eres muy avariciosa. Te compraré una flo-
ristería entera en cuanto te quite las manos de encima…

Molly pareció confusa unos instantes. Entonces,
esbozó una ligera sonrisa.

—No me las puedes quitar de encima si no me las
pones, Jules.

151

–Cuenta tres –susurró él.

–Una…

Julian sintió que el corazón le daba un vuelco en el pecho y estuvo a punto de caer de rodillas como señal de gratitud. Le costaba encontrar las palabras, por lo que la voz le sonó débil y ronca.

–Siento haber sido tan celoso y tan poco razonable, pero te ruego que comprendas que no hay una mujer en el mundo que me vuelva tan loco como tú. No pude soportar pensar que te ponías de su lado o que anteponías a mi hermano con respecto a mí. Pensar que podrías responder con él del mismo modo que habías respondido conmigo…

–Jules, nadie se ha antepuesto nunca a ti. No fue Garrett el que me hizo reaccionar de ese modo la noche del baile, sino tú. Me di cuenta inmediatamente de que estaba besando a mi alma gemela.

–Quiero pasar el resto de mi vida contigo, Molly, y quiero saber que siempre seré tu primera opción y la más importante, porque te puedo asegurar que tú sí eres la mía.

–¡Dos… y tres!

Julian soltó una carcajada cuando abrió los brazos al mismo tiempo que Molly se colocaba entre ellos y se acurrucaba contra su cuerpo.

–Te amo… –murmuró ella.

Julian inclinó la cabeza y la besó. Molly le devolvió el beso y comenzó a acariciarle el cabello hasta que pudo sentir el delicioso roce de las uñas contra la cabeza. Podía sentir el beso de Molly en cada célula de su piel. Ella lo besaba tan completa, tan plenamente. Lleno de deseo, Julian le apretó el trasero con fuerza mientras aspiraba la lengua de ella en la boca, gozando con el sabor a menta y a manzanas…

–Te he echado tanto de menos que ni siquiera he sido yo mismo –admitió. Bajó la cabeza hasta los pechos de Molly y le bajó el vestido sin tirantes. Descubrió que ella no llevaba nada debajo que le impidiera tomar un pezón entre los dientes y apretarlo deliciosamente.

–Jules, te podría haber matado por ser tan testarudo y tan idiota…

–Calla… –susurró él. Levantó la cabeza y le silenció los labios con un dedo–. Pórtate bien conmigo o no te haré esto…

Le metió el dedo en la boca y ella lo succionó ávidamente mientras él observaba con los ojos llenos de deseo. Cuando retiró el dedo, ella protestó, por lo que Julian utilizó los labios para entreabrir los de ella y meterle la lengua en la boca.

–Por favor, dime que no te he hecho llorar, nena… –susurró él tras romper el beso un instante.

Ella asintió.

–Unas once veces…

–Ahora tendré que compensarte con una hora de esto por cada vez que te hice llorar –musitó. Le cubrió los pechos con las manos y los besó con mucho cuidado. Molly comenzó a jadear, temblando de excitación mientras las hábiles manos de Julian le agarraban la tela del vestido y se lo sacaban por la cabeza. Ella quedó tan solo con unas braguitas de encaje negro.

–En realidad, creo que fueron unas treinta y cinco veces. Simplemente no quería parecer desesperada –confesó ella mientras acariciaba los húmedos labios de Julian con las yemas de los dedos.

–Pobrecita… –susurró él sin dejar de acariciarla–. A ver si me salen las cuentas. ¿Cuántas veces?

–Cien veces –concluyó ella mientras jadeaba y apretaba las piernas contra las caderas de Julian.

–Cien veces que hice llorar a mi chica…. Tengo mucho por lo que compensarte…

Molly se estremeció al escuchar aquellas palabras, ante el modo en que él las musitaba contra sus excitados senos, por cómo le lamía los pezones y luego le soplaba encima hasta que ella pensaba que estaba a punto de explotar. Llevaba esperándole mucho tiempo para recuperarle. El único hombre para ella. Julian era el único y, por fin, lo tenía entre sus brazos. Se juró que no volvería a dejarlo escapar.

Contuvo el aliento mientras le sacaba la camisa por la cabeza.

–Estaba a punto de llamar a Garrett para decirle que fingiera amarme –susurró ella mientras le frotaba los hombros y gozaba con el suave tacto de su piel–, solo para ver si tú regresabas.

Julian sonrió y la hizo bajar al suelo para engancharle un dedo en las braguitas. Entonces, se las quitó.

–La diferencia es que él estaría fingiendo, al contrario de lo que hice yo –confesó Julian. Se desabrochó el cinturón y se bajó los pantalones.

Cuando estuvo totalmente desnudo, cerró la

puerta de una patada y colocó a Molly contra la pared. La obligó a rodearle las caderas con las piernas, lo que ella hizo sin dilación, enganchando los tobillos en la parte baja de la espalda de Julian.

–¿Me haces el amor…? –murmuró él.

Molly asintió, por lo que él le sujetó las caderas con las manos y entonces, sin dejar de mirarla a los ojos, se hundió en ella. Molly gritó de placer al sentirse de nuevo físicamente suya.

–Jules, dime que me amas…

–Te amo con locura.

Le enmarcó el rostro entre las manos y la miró a los ojos.

–No lo dudes nunca. Te amo. Te adoro, Molly. A ti y solo a ti…

Aquellas palabras tan apasionadas la empujaron hasta lo más alto. Llegaron al orgasmo con una fuerza tempestuosa y, cuando los temblores dejaron de sacudirle el cuerpo, Molly contuvo la respiración y escondió el rostro contra el cuello de Julian tratando de recuperar el aliento. Había sentido cómo él se vertía dentro de ella, había sentido las poderosas contracciones que habían atenazado su cuerpo y, en aquellos momentos, se sentía plena de felicidad por estar entre sus brazos.

Levantó la cabeza justo cuando él bajaba la suya para besarla. Sus labios se unieron en un lánguido y perezoso beso que la dejó débil y excitada a la vez.

–Cada vez que me besas –susurró ella mientras Julian la llevaba a la cama–, me parece la primera vez –añadió al pensar en el baile de máscaras–. Me tendría que haber imaginado que me estaba besando un playboy.

—Pues vete acostumbrando, Molly —musitó él mientras la colocaba sobre el colchón con un beso en la frente. Después, se tumbó al lado de ella y le revolvió el cabello—, porque te prometo que jamás verás a un playboy más dedicado a su esposa que yo.

Molly se quedó atónita. Sintió que el corazón le dejaba de latir.

—¿Qué quieres decir?

Julian sonrió y le tomó la mano. Ella observó con incredulidad cómo le colocaba un anillo de platino, grande y masculino, en el dedo anular.

Era el anillo del baile de máscaras.

—Te compraré uno de verdad mañana, con un diamante blanco muy grande. Este es solo para que sepas que mis intenciones son puras.

—No me cabe ninguna duda de que tus intenciones son puras —replicó ella, riendo de felicidad. Entonces, miró el anillo y luego contempló los ojos verdes de Julian, donde vio amor y deseo.

—Estabas destinada a ser mi esposa, Molly —dijo él mientras le apartaba el cabello del rostro con ternura y delicadeza—. ¿Quieres casarte conmigo?

Ella siguió mirándolo a los ojos y asintió. Sus ojos reflejaban el mismo amor que el de Julian. Entonces, le acarició afectuosamente el rostro y, simplemente, dijo:

—Como desees…

UN BUEN PRESENTIMIENTO

ANNA CLEARY

El multimillonario rebelde Connor O'Brien estaba dañado por dentro y por fuera, prueba de su peligrosa y oscura vida. Sophy Woodruff, la joven inocente que vivía en el piso de al lado, nunca había conocido a un hombre tan tremendamente sexy como Connor: intenso, melancólico y distante, era todo lo que ella podía desear.

A pesar de su juramento de no comprometerse con nadie, Connor no pudo evitar llevarse

a Sophy a la cama y, una vez que la desvistió, no se vio con fuerzas para alejarse de ella.

Le enseñaría los placeres más exquisitos...

¡YA EN TU PUNTO DE VENTA!

Acepte 2 de nuestras mejores novelas de amor GRATIS

¡Y reciba un regalo sorpresa!

Oferta especial de tiempo limitado

Rellene el cupón y envíelo a
Harlequin Reader Service®
3010 Walden Ave.
P.O. Box 1867
Buffalo, N.Y. 14240-1867

¡Sí! Por favor, envíenme 2 novelas de amor de Harlequin (1 Bianca® y 1 Deseo®) gratis, más el regalo sorpresa. Luego remítanme 4 novelas nuevas todos los meses, las cuales recibiré mucho antes de que aparezcan en librerías, y factúrenme al bajo precio de $3,24 cada una, más $0,25 por envío e impuesto de ventas, si corresponde*. Este es el precio total, y es un ahorro de casi el 20% sobre el precio de portada. !Una oferta excelente! Entiendo que el hecho de aceptar estos libros y el regalo no me obliga en forma alguna a la compra de libros adicionales. Y también que puedo devolver cualquier envío y cancelar en cualquier momento. Aún si decido no comprar ningún otro libro de Harlequin, los 2 libros gratis y el regalo sorpresa son míos para siempre.

416 LBN DU7N

Nombre y apellido	(Por favor, letra de molde)
Dirección	Apartamento No.
Ciudad	Estado	Zona postal

Esta oferta se limita a un pedido por hogar y no está disponible para los subscriptores actuales de Deseo® y Bianca®.
*Los términos y precios quedan sujetos a cambios sin aviso previo.
Impuestos de ventas aplican en N.Y.

SPN-03

©2003 Harlequin Enterprises Limited

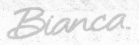

La pasión no podía borrar el doloroso pasado que les había separado

Xenon Kanellis no estaba acostumbrado al fracaso y, desde luego, no era un hombre que aceptara el divorcio. Por tanto, cuando se le presentó la oportunidad de recuperar a su esposa y rehacer su matrimonio, no la desaprovechó.

Lexi Kanellis necesitaba la ayuda de su esposo, del que estaba separada, aunque ello supusiera representar el papel de buena esposa durante un par de semanas.

El sol de la isla de Rodas no era nada comparado con la ardiente pasión que crepitaba entre los dos...

Reconciliación en Grecia

Sharon Kendrick

CONQUISTAR EL AMOR

JOAN HOHL

Maggie estaba convencida de que Mitch era un tipo arrogante y engreído que se escondía tras la ropa de un hombre civilizado. Y él no iba a hacer nada por conseguir que su bellísima nueva secretaria cambiara de opinión. Sin embargo, la intensa atracción que ambos sentían no sabía de tales falsedades. La dinámica Maggie estaba destinada a ser la amante de Mitch y, él, a hacer que el corazón de ella ardiera de pasión. ¿Sería Mitch capaz de romper su regla número uno y dejar que la dulce Maggie lo domara?

"Tengo mis propias normas,
y todos deben seguirlas"

¡YA EN TU PUNTO DE VENTA!